SV

Jorge Semprun
Der Tote mit meinem Namen

Aus dem Französischen
von Eva Moldenhauer

Suhrkamp Verlag

Titel der Originalausgabe: *Le mort qu'il faut*

Satz: TypoForum GmbH, Nassau
Druck: Freiburger Graphische Betriebe, Freiburg
Printed in Germany
Erste Auflage 2002

1 2 3 4 5 6 – 07 06 05 04 03 02

Für Fanny B., Cécilia L.,
anspruchsvolle und fröhliche
junge Leserinnen

Ich bin sicher, daß mein Tod
mich an etwas erinnern wird.
Roland Dubillard

ERSTER TEIL

– Wir haben den passenden Toten! schreit Kaminsky.
Er kommt mit großen Schritten herbei, wartet nicht, bis er mich erreicht hat, um die gute Nachricht auszuposaunen.
Ein Dezembersonntag: Wintersonne.
Die Bäume ringsum waren mit Reif bedeckt. Überall Schnee, anscheinend seit jeher. Jedenfalls hatte er den bläulichen Schimmer des Ewigen. Aber der Wind hatte sich gelegt. Seine üblichen Böen auf der Höhe des Ettersbergs, stürmisch, rauh, eisig, gelangten nur noch bis zu der Bodensenke, wo sich das Latrinengebäude des Kleinen Lagers erhob.
Flüchtig hätte man in der Sonne, in der Abwesenheit des todbringenden Windes vergessen, an etwas anderes denken können. Das hatte ich mir gesagt, als ich am vereinbarten Treffpunkt ankam, vor der Baracke der Gemeinschaftslatrinen. Man hätte sich sagen können, daß der Appell gerade zu Ende gegangen war und daß man, wie jeden Sonntag, ein paar Stunden Leben vor sich hatte: eine kostbare kleine Zeitspanne, die nicht den SS-Leuten gehören würde.
Man hätte in der Sonne die Augen schließen, sich ausdenken können, womit man diese verfügbare Zeit, dieses allwöchentliche Wunder ausfüllen würde.
Die Auswahl war nicht groß, es gab präzise Grenzen – wie man sich denken kann. Aber die gibt es wahrscheinlich immer und überall; jedenfalls für den gemeinen Sterblichen. Dennoch war eine, wenn auch eingeschränkte Wahl möglich: eine Ausnahme, ausschließlich den Sonntagnachmittagen vorbehalten, aber real.
Man könnte zum Beispiel wählen, sich schlafen zu legen.
Übrigens rannten die meisten Deportierten gleich nach

dem Ende des Sonntagsappells zu den Schlafräumen. Sich vergessen, sich verlieren, vielleicht träumen. Sie fielen wie ein Stein auf das Stroh der Bettstellen, schliefen sofort ein. Nach dem Appell, nach der Sonntagssuppe – immer Nudelsuppe; die dickste der Woche; immer willkommen – schien das Bedürfnis nach dem erholsamen Nichts zu überwiegen.

Man konnte es aber auch über sich bringen, den Schlafmangel, die Lebensmüdigkeit zu überwinden, um Kumpel aufzusuchen, eine Gemeinsamkeit, manchmal sogar eine Gemeinschaft herzustellen, wenn nicht allein das Geburtsdorf oder der Maquis, die Widerstandsbewegung, ihr zugrunde lag; wenn sie zudem noch eine politische oder religiöse war, die nach Überschreitung, also nach Transzendenz trachtete.

Also sich überwinden, um aus sich selbst herauszugehen.

Zeichen austauschen, ein paar Worte, Nachrichten aus der Welt, brüderliche Gebärden, ein Lächeln, eine *machorka*-Kippe, Bruchstücke von Gedichten, Brocken, von nun an, Brösel, verstreute Krümel, denn das Gedächtnis zerbröckelte, schwand dahin. Die längsten Gedichte, die man einmal auswendig konnte, tief im Herzen bewahrte, *Le bateau ivre*, *Le cimetière marin*, *Le voyage*, schrumpften auf einige zusammenhanglose, disparate Verse. Die um so erschütternder waren, wenn sie aus dem Nebel der vernichteten Vergangenheit noch auftauchten.

Und an jenem Sonntag waren die auszutauschenden Nachrichten eher beruhigend: die Amerikaner hielten stand in Bastogne, wichen keinen Fußbreit zurück.

Aber die Dezembersonne trog.

Sie wärmte nicht. Weder die Hände noch das Gesicht, noch das Herz. Die eisige Kälte packte die Eingeweide, verkürzte den Atem. Auch die Seele litt darunter und schmerzte.

Und da kam Kaminsky mit großen Schritten, vergnügter Miene herbei. Er rief die frohe Botschaft, während er sich noch in einiger Entfernung befand.
Das war es also: sie hatten den passenden Toten.
Reglos steht er jetzt vor mir, aufrecht in seinen Stiefeln, massig, die Hände in den Seitentaschen seines blauen *Lagerschutz*mantels. Aber sein zuckendes Gesicht, seine lebhaften Augen spiegeln die Erregung wider.
– *Unerhört*! ruft er aus. Er hat dein Alter, von ein paar Wochen abgesehen! Obendrein ein Student!
Anders gesagt ein Toter, der mir ähnelt. Oder dem ich bereits ähnele.
Wie gewöhnlich findet das Gespräch mit Kaminsky in einem Gemisch aus zwei Sprachen statt. Er hat in Spanien gekämpft, in den Brigaden, und spricht ein noch flüssiges Spanisch. Gern läßt er spanische Wörter, manchmal ganze Redewendungen in unsere auf deutsch geführten Gespräche einfließen.
– Unerhört! hat Kaminsky also ausgerufen, *inaudito*! Und er fügt hinzu, zweifellos um das wahrhaft Unerhörte dieses passenden Toten zu unterstreichen:
– Pariser, wie du.
Bin ich wirklich Pariser?
Es ist nicht der Augenblick, diese Frage zu erörtern: Kaminsky würde mich zum Teufel jagen. Vielleicht sogar auf russisch. In der bunten Mischung der Idiome von Buchenwald – aus denen das Englische ausgeschlossen war, schade, Shakespeare und William Blake wären mir gerade recht gewesen – scheint mir das Russische dasjenige zu sein, das über die vielfältigsten Ausdrücke verfügt, jemanden zum Teufel zu jagen.
Er lacht, Kaminsky, mit einer Art von tierischer Freude.
– Man kann sagen, du hast wirklich Glück.

Ein Satz, den man mir im Laufe jener Jahre häufig gesagt hat. Eine Feststellung, die man häufig getroffen hat. In allen Tönen, einschließlich dem der Gereiztheit. Oder des Argwohns, des Mißtrauens. Ich sollte mich schuldig fühlen, Glück gehabt zu haben, insbesondere das Glück, zu überleben. Aber ich bin für dieses literarisch doch so einträgliche Gefühl nicht begabt.
Mir scheint nämlich, und das hat mich immer wieder überrascht, als müßte man eine gewisse Scham, zumindest ein schlechtes Gewissen an den Tag legen, wenn man ein vorzeigbarer, glaubwürdiger Zeuge sein will. Ein dieses Namens würdiger, verdienstvoller Überlebender, den man zu Kolloquien über die Frage einladen kann.
Gewiß, der beste Zeuge, der einzig wahre Zeuge ist in Wirklichkeit, den Spezialisten zufolge, derjenige, der nicht überlebt hat, derjenige, der bis ans Ende der Erfahrung gegangen ist und der daran gestorben ist. Aber weder den Historikern noch den Soziologen ist es bisher gelungen, folgenden Widerspruch aufzulösen: Wie sollen sie die wahren Zeugen, das heißt die Toten, zu ihren Kolloquien einladen? Wie sie zum Sprechen bringen?
Jedenfalls ist das eine Frage, die die verstreichende Zeit von selbst regeln wird: bald wird es keine störenden Zeugen mit lästigem Gedächtnis mehr geben.
Ich hatte jedenfalls Glück, zwecklos, es zu leugnen.
Aber ich werde die Beweise dafür nicht gleich vorlegen, das würde uns von der Hauptsache ablenken, nämlich zu erzählen, wie sie den passenden Toten gefunden hatten. Und wozu der passende Tote gut ist, warum es sich heute so gut trifft.
– Nachher, fügt Kaminsky hinzu, wenn du ins *Revier* kommst, wirst du ihn kennenlernen!
Ich verwerfe diese Idee.

– Weißt du, die Toten kenne ich zur Genüge! Ich sehe jeden Tag welche, überall... Diesen da, den meinen, den kann ich mir vorstellen!
Zwanzig Jahre alt, wie ich, Student aus Paris: ja, ich kann ihn mir vorstellen!
Kaminsky zuckt die Achseln. Anscheinend habe ich nichts begriffen. Dieser Tote, der meine (der bald ich sein wird, da ich wahrscheinlich seinen Namen annehmen werde), lebt. Zumindest noch. Sicher noch ein paar Stunden. Ich werde ihn kennenlernen, soviel steht fest.
Er erklärt mir, wie das vor sich gehen soll.

Es hat tags zuvor angefangen.
Am Samstag morgen also, zu einer schwer zu bestimmenden Uhrzeit. Plötzlich waren dumpfe, hartnäckige Schläge in der Tiefe meines Schlafs aufgetaucht. Ein Traum hatte sich um dieses Geräusch gebildet: irgendwo in meinem Schlaf vernagelte man einen Sarg, irgendwo zur Linken, in der Ferne, in der schattigen Welt des Schlafs.
Ich wußte, daß es ein Traum war, ich wußte, welchen Sarg man in diesem Traum zunagelte. Ich wußte vor allem, daß ich aufwachen würde, daß die verdoppelten Schläge (ein Hammer, auf dem Holz des Sargs?) mich jeden Augenblick wecken würden.
Es war soweit: Kaminsky stand neben mir in dem engen Gang zwischen den Bettstellen des Schlafraums. Er schlug mit der geschlossenen Faust auf den Pfosten des Bettgestells, der meinem Ohr am nächsten war. Hinter ihm sah ich den besorgten Blick von Nieto.
Sogar im jähen Erwachen, brutal aus dem Schlaf gerissen, fiel es mir nicht schwer zu begreifen, daß etwas Ungewöhnliches im Gange war.
Kaminsky war nicht nur ein Kumpel, er war auch einer der

Verantwortlichen der illegalen Militärorganisation. Was Nieto betrifft, so war er einer der drei wichtigsten Führer, in Wirklichkeit die Nummer Eins der *troika*, der spanischen kommunistischen Organisation.

Kaminsky und Nieto gemeinsam bei mir, das war nicht alltäglich.

Ich habe mich aufgesetzt, sofort auf der Lauer.

– Zieh dich an, hat Kaminsky zu mir gesagt. Wir müssen mit dir reden!

Etwas später redeten sie mit mir.

Wir befanden uns im Waschraum im ersten Stock von Block 40. Ich hatte mir gerade mit dem eisigen Wasser des mittleren Beckens das Gesicht besprengt. Die wattigen Schwaden des Schlafs verzogen sich.

Der Waschraum war leer, da um diese Morgenstunde alle Deportierten an ihrer Arbeitsstelle waren. Tags zuvor hatte ich in der *Arbeitsstatistik* zur Nachtschicht gehört. Es war in der Zentralkartei, um die ich mich kümmerte, nicht viel zu tun gewesen. Deshalb hatte Willi Seifert, unser Kapo, die *Nachtschicht* eingeführt, damit wir uns abwechselnd ausruhen konnten.

Ich hatte die Eintragung der Bewegungen der von den verschiedenen Diensten signalisierten Arbeitskräfte ziemlich rasch erledigt. Dann hatte ich in aller Ruhe mit denjenigen deutschen Veteranen plaudern können, die diesen Austausch akzeptierten – es waren nicht viele. In Wahrheit hatte ich nur Walter zur Hand.

Den Rest der Nacht hatte ich gelesen. Ich hatte den Roman von Faulkner beendet, den ich mir für diese Woche der Nachtarbeit aus der Bücherei ausgeliehen hatte.

Gegen sechs Uhr morgens, nach dem Appell und dem Ausrücken der Arbeitskommandos, war ich in Block 40 zurückgekehrt. Sebastián Manglano, mein Madrider Kumpel, mein Nachbar auf dem Strohsack, befand sich am Montageband der Gustloff-Werke.

Ich würde die ganze Breite der Bettstatt für mich allein haben.

Das eisige Wasser des mittleren Waschbeckens hatte den bitteren, rauhen Geschmack des jäh unterbrochenen schlechten Schlafs vertrieben: man konnte mit mir reden.

Kaminsky hat kurz die Situation geschildert.

An diesem Morgen war ein Schreiben aus Berlin eingetroffen. Es kam von der Hauptverwaltung der Konzentrationslager und war an die *Politische Abteilung* gerichtet, die Antenne der Gestapo in Buchenwald. Und dieses Schreiben betraf mich, es erkundigte sich nach meiner Person. Lebte ich noch? Wenn ja, war ich in Buchenwald oder in einem Nebenlager, einem Außenkommando?

– Wir haben zwei Tage Zeit, fügte Kaminsky hinzu. Pister hatte es eilig, er wollte verreisen. Das Schreiben wird der *Politischen Abteilung* erst Montag übergeben!

Hermann Pister war der SS-Offizier, der das Lager Buchenwald leitete. Es stellte sich heraus, daß er das Schreiben aus Berlin nicht sofort an die Gestapo des Lagers weitergegeben hatte.

– Wir haben Zeit bis Montag, wiederholte Kaminsky.

Nieto war über Kaminskys Sicherheit, die Genauigkeit seiner Informationen ebensowenig erstaunt wie ich. Auch wenn er nichts darüber verlauten ließ, sich darauf beschränkte, Fakten aufzuzählen, als wäre er Augenzeuge gewesen – zum Beispiel behauptete er, Pister habe das Schreiben aus Berlin in einen Metallschrank seines Büros eingeschlossen –, kannten wir seine Quellen.

Wir wußten, zumindest in groben Zügen, wie der Informationsapparat der deutschen Kommunisten in Buchenwald funktionierte.

Zweifellos hatte ein »violettes Dreieck«, ein Wehrdienstverweigerer, Mitglied der Sekte der *Bibelforscher*, die Ankunft des Schreibens aus Berlin gemeldet.
Die *Bibelforscher*, das heißt die Zeugen Jehovas, waren nicht mehr sehr zahlreich in Buchenwald im Winter 1944. Interniert, weil sie sich aufgrund ihrer religiösen Überzeugungen weigerten, Waffen zu tragen, waren sie in der Vergangenheit häufigen Schikanen, mörderischen Repressalien ausgesetzt gewesen. Doch seit einigen Jahren, insbesondere seit Buchenwald in den Kreis der nationalsozialistischen Rüstungsindustrie gerückt war, wurden die überlebenden *Bibelforscher* im allgemeinen auf privilegierten Posten eingesetzt, als Dienstboten, Ordonnanzen oder Sekretäre der SS-Führer.
Einige von ihnen nutzten das aus, um dem von den deutschen Kommunisten organisierten Widerstand, ihren Landsleuten, die an den Schalthebeln der inneren Macht in Buchenwald saßen, wertvolle Dienste zu leisten.
Auf diese Weise kam fast jede wichtige Entscheidung Berlins, die das Lager betraf, der illegalen Organisation zu Ohren, die sich auf ihre Umsetzung vorbereiten konnte, um ihre negativsten Auswirkungen entweder zu umgehen oder abzumildern.
– Unser Informant, sagt Kaminsky, konnte nur den Anfang des Schreibens aus Berlin lesen! Er hat deinen Namen behalten, die dich betreffende Bitte um Auskunft. Am Montag, wenn das Dokument der *Politischen Abteilung* übergeben wird, kann er vom übrigen Kenntnis nehmen. Dann werden wir wissen, wer sich nach dir erkundigt und warum!
In der Tat, warum interessiert man sich in Berlin noch für mich? Ich habe nicht die leiseste Ahnung, es kommt mir absurd vor.

– Warten wir bis Montag, sage ich zu ihnen.
Sie sind nicht einverstanden, das kommt nicht in Frage.
Weder Kaminsky noch Nieto teilen meinen Standpunkt.
Sie erinnern mich daran, daß es in den letzten Wochen mehrere Fälle von französischen Widerstandskämpfern oder von in Frankreich verhafteten Briten gegeben habe, die ebenso von der *Politischen Abteilung* gesucht, zum Kontrollturm gerufen und hingerichtet worden seien. Sie erwähnen Henri Frager, meinen Vorgesetzten von Jean-Marie Action, der zu diesen Verschwundenen gehörte: von der Gestapo im Lager aufgegriffen und ermordet.
Mag sein, sagte ich, aber bei ihnen habe es sich jedesmal um wichtige Agenten der alliierten Nachrichtendienste gehandelt, um Leiter von Aktionsnetzen, höchst wichtige Militärführer.
Ich dagegen sei bloß ein kleines Licht, ein Unteroffizier, sagte ich ihnen.
Eben jener Frager hatte mir versichert, daß man mich mit dem Rang eines Unteroffiziers in die Militärregister der FFI eintragen werde. Also kein Vergleich! Kein denkbarer Grund, warum die Gestapo sich noch für mich interessierte, mehr als ein Jahr nach meiner Verhaftung. Diese Kerle hatten mich bestimmt vergessen.
– Der Beweis, daß dem nicht so ist! erwiderte Kaminsky kategorisch. Sie haben dich nicht vergessen, sie denken noch immer an dich!
Ich konnte es nicht leugnen, aber es ergab keinen Sinn: es mußte eine andere Erklärung dafür geben.
Störrisch, da sie nichts dem Zufall überlassen wollten, befragten sie mich erneut über meine Tätigkeiten in der Résistance, um das Interesse Berlins zu verstehen. Ich erzählte ihnen abermals von der MOI, von Jean-Marie Action,

einem Buckmaster-Netz, von den genauen Umständen meiner Verhaftung in Joigny.
Aber sie wußten das alles. Zumindest Nieto wußte das alles. Er hatte mich bereits darüber befragt, als er mich für die spanische kommunistische Organisation rekrutiert hatte, nach meiner Ankunft im Block 62 des Kleinen Lagers.
Und er war es auch, der nach einer Weile der Diskussion und Befragung die Sache entschied:
– Hör zu, heute ist nichts zu befürchten. Aber am Montag müssen wir auf alles vorbereitet sein, um sofort reagieren zu können.
Sein Blick ist immer noch ernst, aber seltsam nah, brüderlich.
– Die Partei will nicht riskieren, dich zu verlieren, fügt er hinzu.
Der Spruch war einigermaßen feierlich, aber Nietos Lächeln korrigierte diese Emphase.
Kaminsky hat sich eingeschaltet.
– Ja, heute nichts! Du kannst weiterschlafen. Heute abend gehst du wie vorgesehen zur Nachtschicht in die *Arbeitsstatistik*. Aber morgen, Sonntag, nach dem Mittagsappell kümmern wir uns um dich. Wir werden dich im Krankenbau aufnehmen lassen wegen einer plötzlichen schweren Erkrankung ... Welcher, sehen wir noch. So wirst du beim Appell am Montag morgen regulär zum Krankenbestand des *Reviers* gezählt. Dann kehrst du, je nach den neusten Nachrichten, entweder nach achtundvierzig Stunden oder ein paar Tagen gerechtfertigter Abwesenheit ins Lagerleben zurück, oder du verschwindest. Wenn das Schreiben aus Berlin wirklich beunruhigend ist, müssen wir versuchen, dich verwaltungstechnisch sterben zu lassen. Und dann wird es kompliziert! Es ist nicht unbedingt leicht, in

der erforderlichen Zeit einen passenden Toten zu finden, dessen Identität du annehmen kannst. Und Kontrollen der SS-Ärzte sind immer möglich! Wahrscheinlich, wenn alles gutgeht, mußt du mit einem Außenkommando abhauen, um die Verbindungen zu Buchenwald abzuschneiden, wo dich zu viele Leute unter deinem richtigen Namen kennen.

Diese Geschichte stinkt mir gewaltig.

Die Vorstellung, Buchenwald zu verlassen, stinkt mir gewaltig. Anscheinend gewöhnt man sich an alles. Das spanische Sprichwort *Más vale malo conocido que bueno por conocer* sagt eine große Wahrheit, resigniert und pessimistisch wie alle Wahrheiten der Volksweisheit ... Besser ein bekanntes Übel als ein unbekanntes Wohl!

– Ein neues Leben unter falschem Namen, anderswo, ich sehe nicht, was das bringen soll! sage ich zu ihm, trübsinnig wütend.

Um so wütender, als ich an keine reale Gefahr zu glauben vermag.

– Ein Name, der nicht deiner sein wird, in der Tat, kommentiert Kaminsky gelassen. Das Leben dagegen wird das deinige sein. Ein wahres Leben trotz dem falschen Namen!

Er hat recht, aber es stinkt mir gewaltig.

Ich glaube, ich werde in den Schlafraum zurückkehren, um es mir auf der ganzen Breite der Bettstelle bequem zu machen. In meinen Traum zurückkehren, wer weiß?

Am folgenden Tag, Sonntag, in der trügerischen Wintersonne, verkündet mir Kaminsky, daß sie den passenden Toten gefunden haben.
Der im übrigen ein Sterbender ist. Ich weiß nicht, warum diese Vorstellung mich verwirrt, mir unbehaglich ist. Es wäre mir lieber gewesen, wenn der junge Pariser, obendrein Student, schon tot wäre. Aber ich sage Kaminsky nichts davon. Er hätte mich angeschnauzt, mit seiner brutalen Sachlichkeit.
Ein Toter, ein Sterbender: wo ist da der Unterschied? Was ändert das?
– Komm um sechs Uhr ins *Revier*, sagt er. Ich warte auf dich …
Er lacht, es erregt ihn sichtlich, der SS diesen Streich zu spielen.
Er bietet mir eine Zigarette an, sicher um das Ereignis zu feiern: eine deutsche Marke, Orienttabak. Das rauchen die Privilegierten gewöhnlich, die *Prominenten*, die Kapos, die Blockältesten, die Männer vom *Lagerschutz*, der inneren Polizei, die von den deutschen Deportierten gestellt wird.
Willi Seifert bietet mir dieselbe Zigarettensorte an, wenn er mich in sein Büro der *Arbeitsstatistik* ruft, um unter vier Augen mit mir zu sprechen. Das russische *machorka*-Kraut, in Zeitungspapier gerollt, ist nicht für sie bestimmt, sondern für den Plebs von Buchenwald.
Die Sonne scheint, alles ist gesagt, ich ziehe an dieser Privilegiertenzigarette.
Was den Tabak und die Nahrung angeht, so gehöre ich ganz gewiß zum Plebs. Ich rauche meist das herbe *machorka*-Kraut. Übrigens selten. Hier und dort eine geteilte, köst-

liche Kippe. Ich ernähre mich ausschließlich von den Lagerrationen.
Nach dem Wecken, um halb fünf Uhr morgens, vor dem Appell und dem Antreten der Arbeitskommandos, verteilt der *Stubendienst*, die erste Stufe der von den Häftlingen selbst getragenen inneren Verwaltung, an uns alle je einen Becher mit einem warmen schwärzlichen Getränk, das man der Einfachheit halber und um sich verständlich zu machen »Kaffee« nennt.
Gleichzeitig erhalten wir die Tagesration an Brot und Margarine, zu der, in unregelmäßigen Abständen, eine Scheibe Wurstersatz von zwar merkwürdig schwammiger, aber doch ungemein appetitanregender Konsistenz hinzukommt: an solchen Morgen läuft einem das Wasser im Mund zusammen.
Nach dem Arbeitstag, dem Abendappell und der Rückkehr in die Baracken verteilt der *Stubendienst* die Suppe, eine dünne Brühe, in der Gemüseabfälle schwimmen, hauptsächlich Kraut, Steckrüben und einige Fasern mageren Fleischs. Die einzig relativ dicke Suppe in der Woche ist die Nudelsuppe am Sonntag. Ein Festmahl, man könnte deswegen heulen – aber das sagte ich schon.
Jeder kann nach Belieben über die Tagesration verfügen. Einige verschlingen sie sofort. Manchmal sogar im Stehen, wenn es an den Tischen der Tagesräume keinen Sitzplatz mehr gibt. Dann haben sie bis zur Abendsuppe nichts mehr zu essen. Zwölf Stunden Zwangsarbeit plus durchschnittlich zwei Stunden Appell und Transport.
Vierzehn Stunden durchzuhalten, mit leerem Magen.
Andere, zu denen ich zu gehören versuche, heben einen Teil der Tagesration für die Mittagspause auf. Das ist nicht einfach. Es gibt Tage, viele Tage, an denen es mir nicht gelingt. Man muß sich zusammenreißen, sich Gewalt antun,

um nicht alles sofort zu verschlingen. Denn man lebt in einer Brechreiz verursachenden Angst ständigen Hungers. Man muß einen Augenblick lang den quälenden Hunger des jetzigen Augenblicks vergessen, um sich konkret den vorzustellen, den man mittags haben wird, wenn man für diese Uhrzeit nichts aufgehoben hat. Man muß versuchen, den realen, unmittelbaren Hunger mit der Idee des kommenden, virtuellen, aber stechenden Hungers zu drosseln, zu beherrschen.

Wie immer dieser tägliche innere Kampf ausgehen mag, um mich zu ernähren, habe ich nur die Lagerration, die im Prinzip für alle Häftlinge dieselbe ist.

Einige indes, in schwer anzugebender Zahl (jedenfalls mehrere Hundert Deportierte), entgehen der allgemeinen Norm.

Ich spreche nicht von den Privilegierten, Kapos, Blockältesten, *Vorarbeitern*, Männern des *Lagerschutzes* und so fort. Diese rühren die tägliche Suppe nicht einmal an, verachten sie, ignorieren sie, da sie von einem parallelen Lebensmittelmarkt leben, von dem die SS natürlich weiß, zumindest weiß sie in groben Zügen, wie die Beschaffungs- und Verteilungswege laufen. Und den sie duldet. Zu einem Konflikt, den die Nazibehörden sofort mit aller Härte beenden würden, käme es nur dann, wenn die Tätigkeit dieses parallelen Markts den Interessen und dem Handel der SS selbst schaden würde.

Aber ich spreche nicht von den *Prominenten.*

Ich spreche vom Plebs von Buchenwald, der im übrigen keine formlose, ununterscheidbare Masse ist, sondern ein relativ strukturiertes soziales Gebilde, hierarchisiert nach Kriterien politischer oder nationaler Zugehörigkeit, der Stellung im Produktionssystem, der beruflichen Qualifikation, der Kenntnis oder Unkenntnis der deutschen Spra-

che – der Sprache der Meister und der Arbeitsvorschriften, der Kommunikation und der Befehle. Also der Sprache möglichen Überlebens.
Natürlich – ich erwähne es als letzten, aber wesentlichen Punkt – gemäß dem Gesundheitszustand, der körperlichen Frische.
Alle diese objektiven Voraussetzungen fügen sich in einer Weise zusammen, die nichts mehr mit den Klassenspaltungen der Gesellschaft draußen zu tun hat. So ist man in Buchenwald besser ein gelernter Schlosser als ein Universitätsprofessor oder ein ehemaliger Präfekt. Und wenn man Student ist, ist es besser, leidlich Deutsch zu können, um die mangelnde Qualifikation wettzumachen, die es einem verwehrt, in der Fabrik zu arbeiten, am Montageband der Gustloff, ein phantastischer Job.
Sogar im Plebs des Lagers gibt es also Hunderte von Deportierten, die der allgemeinen Norm der Hungerration entgehen. Denn in bestimmten Arbeitskommandos, meist denen der inneren Versorgung, der Intendantur von Buchenwald, gibt es manchmal etwas nebenbei zu verteilen, Suppe oder Brot- und Margarinerationen. So verfügen die Deportierten in den Küchen, in der Effektenkammer, in den Duschen und der Desinfektion, im Krankenbau, des Stubendiensts normalerweise über nicht unerhebliche zusätzliche Lebensmittel.
Aber ich bin nicht einem dieser Versorgungskommandos zugeteilt. Ich bin in der *Arbeitsstatistik*, dem Büro, das die Arbeitskräfte des Lagers verwaltet, sie auf die verschiedenen Fabriken oder Arbeitsstätten verteilt und die Transporte zu den Außenkommandos organisiert.
Zweifellos ist es ein Ort des Ansehens und der Macht.
Ich kann mich von gleich zu gleich an die Blockältesten, die Kapos wenden. Sie wissen, daß ich bei der *Arbeit* bin,

sie haben mich schon mit Seifert gesehen oder mit Weidlich, dessen Gehilfen. Sie werden sich meine Frage anhören, welche es auch sei. Sie werden nicht auf meine Erkennungsnummer achten, aus der hervorgeht, daß ich ein Neuankömmling bin, daß ich erst ein Jahr Lager auf meinem Konto habe. Sie werden sich nicht darüber wundern, das S – für *Spanier* – schwarz gedruckt auf meinem roten Dreieck zu sehen, in Höhe des Herzens. Dabei sind die, die hier befehlen, vor allem Deutsche oder Tschechen aus dem Protektorat Böhmen-Mähren.
Aber das macht nichts: ungeachtet meiner zwanzig Jahre, ungeachtet meiner neuen Häftlingsnummer, ungeachtet des schwarzen S auf dem roten Dreieck werden sie auf mich hören. Sie werden aufmerksam sein, gefällig, sogar höflich, natürlich innerhalb der Grenzen ihrer üblichen Grobheit.
Zum einen deshalb, weil ich Deutsch mit ihnen spreche. Und zum anderen, weil sie wissen, daß ich zur *Arbeitsstatistik* gehöre. Also eine Art Autoritätsperson bin.
Doch wird denen, die in der *Arbeitsstatistik* arbeiten, keine alimentäre Vergünstigung zugestanden. Ich meine denen, die wie Daniel Anker und ich dort arbeiten, ohne wirklich zur Führungskaste, zur roten Aristokratie, zum Kreis der Veteranen der furchtbaren Jahre zu gehören.

– Was machst du da? fragt mich Kaminsky, offenbar entgeistert.
An jenem Tag war es noch Herbst. Ein rötliches Licht übersprühte den Wald des Ettersberg. Es war in der Mittagspause. Ich saß im Hinterzimmer der *Arbeitsstatistik.*
Es war eine absurde Frage. Man sah, was ich machte: ich aß.
Am Morgen hatte ich dem Verlangen, meine ganze Marga-

rineration hinunterzuschlingen, nicht widerstehen können. Es war mir nur gelungen, etwa die Hälfte der täglichen Schwarzbrotration aufzuheben. Ich saß am Tisch und aß diese halbe Ration, langsam, jeden Bissen auskostend.

Kaminsky betrachtete mich, sichtlich bestürzt.

– Was schon … ich esse … Das sieht man doch, oder? erwiderte ich schroff.

Ich hatte die dünne Schwarzbrotscheibe, die mir noch blieb, in winzige viereckige Stücke geschnitten. Ich steckte die Brotstückchen in meinen Mund, eines nach dem andern. Ich kaute sie sehr langsam und delektierte mich an der krümeligen Konsistenz, der belebenden Säure des Schwarzbrots. Ich schluckte erst, nachdem ich jedes winzige Stückchen in eine Art köstlichen Brei verwandelt hatte.

Aber immer kam ein Moment, wo der Bissen Brot geschluckt, der letzte, langsam gekaute Krümel verschwunden war. Es gab kein Brot mehr. In Wirklichkeit hatte es nie welches gegeben. Trotz allen Tricks, Listen und Finten gab es immer zu wenig Brot, um es im Gedächtnis zu bewahren. Es war zu Ende, ausgeschlossen, mich zu erinnern. Es gab nie genug Brot, um ein »Gedächtnis zu bilden«, hätte man im Spanischen gesagt, *hacer memoria*. Der Hunger kehrte augenblicklich wieder, hinterhältig, aufdringlich, wie ein dumpfer, ekelerregender Trieb.

Nur mit Erinnerungen konnte man ein Gedächtnis bilden. Kurzum, mit Irrealem, Imaginärem.

So versammelten sich sonntags Deportierte zu kleinen Gemeinschaften unter Nachbarn oder Kumpeln, um sich Freßgelage zu erzählen. Man konnte sich weder an die Suppe von gestern noch an die von heute erinnern, sie waren verschwunden, ohne in den Verliesen des Körpers

Spuren zu hinterlassen, aber man konnte sich versammeln, um jemandem zu lauschen, der in allen Einzelheiten das Hochzeitsessen der Cousine Dupont von vor fünfzig Jahren beschrieb. Man konnte sich nur mit der Erinnerung sättigen.

Jedenfalls saß ich im Hinterzimmer der *Arbeit* und schluckte langsam die Eckchen Schwarzbrot.

Ich hatte einen Becher jenes Getränks aufgewärmt, das ich weiterhin »Kaffee« nennen werde, um den Leser nicht zu verwirren oder vom Wesentlichen abzulenken. Im Hinterzimmer der *Arbeit* gab es immer eine volle Kanne Kaffee.

Eigentlich waren Elektrokocher absolut verboten. Und ihre Herstellung in einer der Lagerwerkstätten illegal. Im Prinzip wurde ihre Benutzung von der SS als ein Sabotageakt betrachtet. Früher wäre das streng bestraft worden.

Aber die Zeiten hatten sich geändert, die Disziplin hatte nachgelassen, und in den Buden der Blockältesten, in den Tagesräumen aller Versorgungskommandos innerhalb des eigentlichen Lagers fand man zwar eher rudimentäre, aber doch höchst nützliche Elektrokocher. Im Hinterzimmer der *Arbeit* hatten wir zwei oder drei davon: kollektives Eigentum. »Das Lager ist nur noch ein Sana!« verkündeten die deutschen kommunistischen Veteranen bei jeder Gelegenheit.

Anfangs fand ich, daß sie etwas dick auftrugen, daß ihr Humor von Davongekommenen für uns Novizen, uns Neuankömmlinge ein wenig beleidigend war. Aber in dem Maße, wie die Berichte der einen und der anderen – es gab nichts Spannenderes, als die Alteingesessenen zum Sprechen zu bringen – die Vergangenheit Buchenwalds für mich rekonstruierten, hatte ich erahnt, was sie damit meinten.

Gut, einverstanden, wir hatten begriffen: das Lager war nur noch ein Sanatorium!

– Du ißt, das sehe ich! ruft Kaminsky aus. Aber warum trockenes Brot?
Er wirkt bestürzt. Als meinte er, es sei absurd, trockenes Brot zu essen.
Aus seiner Sicht muß das in der Tat unbegreiflich sein.
Am liebsten würde ich ihn beschimpfen, ihm gehörig die Meinung sagen, ihn zumindest auf den Boden der Wirklichkeit zurückholen.
Aber ich sehe, daß seine Augen sich plötzlich weiten, sein Blick in einer Art Erleuchtung erstarrt.
Zweifellos erinnert er sich. Erinnert sich an die Zeit, als das Lager kein Sanatorium war; erinnert sich an die – vergessene – karge Schwarzbrotration; erinnert sich an die dünne Suppe von früher.
– Du hast nichts, was du zu deinem trockenen Brot essen kannst, das ist es! ruft er aus.
Das ist es, in der Tat, schlicht und einfach.
Er fällt aus allen Wolken, er schleift mich mit, bittet mich, ihm zu folgen.
Wir verlassen die Baracke, in der sich die *Arbeitsstatistik*, die *Schreibstube*, das »Sekretariat«, und die Bücherei befinden. Gegenüber, am Rand des Appellplatzes, liegt die Baracke des *Lagerschutzes*.
Es herrscht dort ein Geruch von Sauberkeit und geköchelten Speisen.
Kaminsky führt mich zu seinem privaten Spind. Die Borde sind voller Lebensmittel. Kaminsky holt einen Block Margarine heraus und gibt ihn mir. Frühmorgens schneidet der *Stubendienst*, der unsere Tagesrationen verteilt, aus so einem Kubus Margarine mit einem Stück Draht die Portionen für mehrere Häftlinge: acht Rationen, als ich in Buchenwald ankam, im Januar 1944; zehn am Ende des Sommers. Jetzt zwölf, mitten im Winter.

Die Überlebenden, falls es welche gibt, werden gut aussehen.
Ich betrachte Kaminskys Spind, während er mir einen Block Margarine gleich denen hinhält, die man im Morgengrauen für die gemeinen Sterblichen, zu denen ich gehöre, in zwölf Tagesrationen schneidet.
Ich kannte bereits die privaten Spinde der Veteranen. Im Hinterzimmer der *Arbeit* hatten wir alle unseren privaten Spind. Die der Veteranen quollen über von Lebensmitteln. Manchmal hatte ich dort Weißbrot verschimmeln sehen.
Nur zwei Spinde waren praktisch leer; der von Daniel Anker und der meine.
In meinem Spind und in dem von Daniel Anker befand sich außer unseren Bechern und Blechnäpfen gewöhnlich nur der Teil der Tagesration, den wir für die Mittagspause oder gegebenenfalls für die langen Stunden der Nachtschicht hatten aufsparen können. An den Tagen, an denen es statt der Suppe eine Ration Pellkartoffeln gab, bewahrten wir darin die Schalen auf. Denn wir aßen zuerst die geschälten Kartoffeln und hoben die Schalen auf, um sie auf einem der Elektrokocher zu rösten. Es war ein köstliches Gericht.
Es kam auch vor, daß außer unseren Bechern und Blechnäpfen gar nichts in unseren Spinden war, wenn es uns, Anker und mir, nicht gelungen war, im Augenblick der morgendlichen Austeilung den Hunger zu besiegen.

Das letzte Mal habe ich Daniel Anker in einer Buchhandlung in Saint-Germain-des-Prés gesehen. Ich signierte dort Exemplare eines meiner Bücher. Er mußte die Überraschung in meinem Blick bemerkt haben, das Erstaunen.
– Ja, Gérard, sagte er zu mir, ich lebe!
Er hat erraten, daß ich versuchte, sein Alter zu schätzen.

– Streng dich nicht an, Alter! Ich habe gerade meinen einundneunzigsten Geburtstag gefeiert!
Ich betrachte ihn entgeistert: kurzgeschorenes schlohweißes Haar, gewiß, aber noch rüstig, mit lebhaften Augen. Das läßt mich hoffen!
– Scheiße, prahle bloß nicht zu sehr damit! Sonst wird man uns sagen, Buchenwald sei nur ein Sana gewesen!
Er lacht, fällt mir um den Hals. Wir wissen nicht, wie wir uns aus unserer Umarmung lösen sollen, geschüttelt vor unbändigem Lachen und Rührung.
Er rückt von mir ab.
– *Das Lager ist nur ein Sanatorium, heute*! Anker spricht perfekt Deutsch, deshalb war er der Verbindungsmann zwischen der PCF und der *Arbeit*.
Er hat den Satz von einst fast geschrien, den Satz der mürrischen Veteranen von einst. Man dreht sich nach uns um in der Buchhandlung.
Aber ich kann diese treffliche Gelegenheit, von meinem Kumpel Daniel Anker zu sprechen, nicht ergreifen. Ich muß zu Kaminsky zurückkehren, zu jenem sonnigen Dezembersonntag.

– Da sind sie! ruft er plötzlich.
Seine Stimme ist ungewöhnlich schrill, irritiert, so scheint es. Ich wende den Kopf, folge seinem Blick.
Da sind sie, in der Tat. Sie kommen langsam herbei.
Mit kleinen Schritten, sich manchmal gegenseitig oder auf behelfsmäßig zusammengebastelte Stöcke und Krücken stützend, ihre Holzschuhe aus dem Schneematsch ziehend, in einem hinkenden, verlangsamten, aber hartnäckigen Trippeln kommen sie herbei.
Bestimmt wollen sie die Wintersonne ausnutzen, an diesem Sonntag. Aber sie wären so oder so gekommen, an jedwedem Sonntag, auch bei Schneetreiben und Regenschauern.
Sie kamen jeden Sonntag, nach dem Appell. Bei jedem Wetter.
Die Gemeinschaftslatrinen des Kleinen Lagers waren ihr Treffpunkt, ihr Ort des Austauschs, des Palavers, der Freiheit. Basar der Erinnerungen, auch Tauschbörse, im stinkenden Dunst der Abortgrube. Um nichts auf der Welt, welche Mühe es auch kostete – zumindest solange eine Mühe noch denkbar blieb –, hätten sie diese Sonntagnachmittage versäumt.
– Diese verdammten Muselmänner, brummt Kaminsky.
Er war es, der dieses Wort zum ersten Mal in meiner Gegenwart verwendet hatte, »Muselmänner«. Ich kannte die Realität, die dieses Wort bezeichnete: den äußersten Rand des Lagerplebs, der außerhalb des Systems der Zwangsarbeit dahinvegetierte, zwischen Tod und Leben. Aber ich wußte noch nicht, bis zu dem Tag, an dem Kaminsky es verwendete, daß dieses Wort, dunkler und umstrittener Herkunft, als Gattungsname im Kauderwelsch aller Nazilager existierte.

Bevor ich das Wort »Muselmann« kannte, gab ich den Deportierten, die die charakteristischen Anzeichen körperlichen Verfalls und seelischer Ataraxie aufwiesen, Namen, die dem vorigen Leben, den Gesellschaften von draußen entstammten: »*Lumpen*« oder »Clochards«.
Zwar wußte ich, daß das nur eine Annäherung war, daß die Gesellschaft der Konzentrationslager und die Welt von draußen in keinem Fall vergleichbar waren, aber diese approximativen Wörter genügten, mir begreiflich zu machen, was ich sah.
Von dem Tag an, wo er den Terminus zum erstenmal verwendet hatte, hatte ich begriffen, daß Kaminsky die Muselmänner nicht mochte.
Aber das ist nicht das richtige, das angemessene Wort.
Denn es geht hier nicht um Mögen oder Nichtmögen. Die Muselmänner stören ihn, das ist es. Sie verwirren durch ihre schiere Existenz das Bild, das er sich von der Welt der Konzentrationslager gemacht hat. Sie widersprechen dem Verhalten, verneinen es sogar, das ihm für das Überleben unabdingbar zu sein scheint. Die Muselmänner führen in sein ideologisches Weltbild ein ungreifbares Element der Unsicherheit ein, weil sie sich gerade aufgrund ihrer Natur, ihrer unproduktiven Marginalität, ihrer Ataraxie über die manichäische Logik des Widerstands, des Kampfs ums Dasein, ums Überleben hinwegsetzen.
Die Muselmänner sind jenseits dieser Begriffe: jenseits des Lebens, des Überlebens. Alle unsere Anstrengungen, uns beizusammenzuhalten, uns gut zu halten, müssen ihnen anstößig vorkommen. Sogar lachhaft. Wozu? Sie sind bereits anderswo, in einer Art von kachektischem Nirwana, flockigem Nichts, in dem jeglicher Wert außer Kraft gesetzt ist, in dem allein das Beharrungsvermögen der Instinkte – das flackernde Licht eines toten Sterns: denn

Seele und Körper sind erschöpft – sie noch in Bewegung hält.

– Diese verdammten Muselmänner, brummt Kaminsky.

Ich betrachte die erste nahende Gruppe, versuche, in ihr »den meinigen« zu erkennen, meinen jungen französischen Muselmann.

Er ist nicht unter ihnen. Seit zwei Wochen sehe ich ihn nicht mehr, das beunruhigt mich.

– *Me largo*, sagt Kaminsky (auf spanisch: ich haue ab). Bis sechs, im *Revier*!

Er macht drei Schritte, um sich zu entfernen, dreht sich noch einmal um.

– Mach bis dahin das übliche... Amüsiere dich mit deinem Professor und deinen Muselmännern!

In seiner Stimme mischen sich Ironie und Gereiztheit. Mein Professor ist natürlich Maurice Halbwachs. Seit ich erfahren hatte, daß er vor ein paar Monaten in Buchenwald eingetroffen war, nutzte ich die sonntägliche Freizeit, um ihn im Block 56 aufzusuchen, einem von denen, in dem sich die arbeitsunfähigen Greise und Invaliden zusammenpferchten.

Halbwachs war der Bettnachbar von Maspero. Beide siechten langsam dahin.

Im Prinzip konnte Kaminsky das Interesse gelten lassen, wenn nicht gar verstehen, das ich meinem Professor der Sorbonne entgegenbrachte. Zwar hielt er die philosophischen – aus seiner Sicht notgedrungen weitschweifigen – Gespräche, von denen ich ihm manchmal kurz erzählt hatte, weder für besonders erquicklich noch für besonders positiv. Aber er konnte sie gelten lassen.

– Genausogut könntest du sonntags ins Bordell gehen! rief er aus, wenn von meinen Besuchen bei Halbwachs die Rede war.

Ich machte ihn darauf aufmerksam, daß das Bordell den Deutschen vorbehalten war. Und nicht einmal den Deutschen generell, sondern nur den *Reichsdeutschen*. Die Deutschen aus den Minderheiten jenseits der Grenzen des Reichs, die *Volksdeutschen*, hatten kein Anrecht darauf.

– Das Bordell ist für dich und deinesgleichen, sagte ich zu ihm. Übrigens, gehst du hin?

Er schüttelte den Kopf. Nein, er ging nicht hin, hatte ich zu verstehen gemeint. Was mich nicht wunderte. Die deutsche KP riet ihren Mitgliedern dringend davon ab, einen Bordellschein zu beantragen, aus Sicherheitsgründen. Und Kaminsky war ein diszipliniertes Mitglied.

Aber ich hatte sein Kopfschütteln falsch interpretiert.

Er war kein Reichsdeutscher, wollte er damit sagen.

Zwar trug er wie alle seine Landsleute das rote Dreieck ohne einen Buchstaben nationaler Identität. Für die Erfordernisse des administrativen Lagerlebens galt er demnach als Deutscher. Aber auf einer besonderen Liste der Gestapo rangierte er als *Rotspanier*, wegen seiner Zugehörigkeit zu den Internationalen Brigaden.

– Die Bewilligung der Bordellscheine unterliegt der Gestapo, hatte er gesagt, also hätte ich wahrscheinlich nie einen bekommen!

Das heißt, als Rotspanier hat man hier nicht das Recht zu bumsen! hatte ich gefolgert.

Im übrigen auf spanisch, denn ich kannte das entsprechende deutsche Wort dafür nicht.

Kaminsky hatte aufgelacht. Der spanische Ausdruck, *echar un polvo*, hatte ihn entzückt, weil er Erinnerungen in ihm wachrief.

Er mochte seine Erinnerungen an Spanien. Nicht nur diejenigen, bei denen er Gelegenheit gehabt hatte zu bumsen, alle seine Erinnerungen an Spanien. Sogar die keuschen.

Wie dem auch sei, Kaminsky hatte sich schließlich an meine Begegnungen mit Maurice Halbwachs gewöhnt. »Nicht sehr erquicklich, deinen Sonntagnachmittag am Rand des Todes zu verbringen«, knurrte er, aber schließlich räumte er ein, daß man gegenüber einem alten Professor Achtung und bewundernde Zuneigung empfinden konnte.

Dagegen verstand er überhaupt nicht, daß ich mich für die Muselmänner interessierte, überhaupt nicht!

Beth-Saïda, la piscine des cinq galeries, était un point d'ennui. Il semblait que ce fût un sinistre lavoir, toujours accablé de la pluie et noir… (»Bethsaïda, der Fischteich mit den fünf Hallen, war eine Stätte des Ekels. Wie ein Zuber des Unheils lag er da, randvoll von Regen und Dunkel…«)
Ein Jahr zuvor, als ich zum erstenmal über die Schwelle der Gemeinschaftslatrinen des Kleinen Lagers trat, hatte ich an den Text von Rimbaud gedacht.
Ich hatte ihn mir selbst vorgesagt. Mit lauter Stimme übrigens, undeutlich und getrübt im Getöse dieser Cour des Miracles.
Weder Fischteich noch Hallen, gewiß. Dennoch traf die poetische Beschwörung zu: es war durchaus ein »Zuber des Unheils«. Auch andere Worte des Texts von Rimbaud schienen mir zu beschreiben, was ich sah… *Les mendiants s'agitant sur les marches intérieures, les linges blancs ou bleus dont s'entouraient leurs moignons. Ô buanderie militaire, ô bain populaire…* (»Die Bettler krochen innen über die Stufen, die weißblauen Lappen, mit denen jeder jedweden Stumpf seiner Glieder umwickelt. O Waschhaus der Krieger und Krüppel, o Bad du des Volkes…«)
Es war eine Holzbaracke von ähnlichen Ausmaßen wie alle in Buchenwald. Aber der verfügbare Raum hatte keine Zwischenwände, war nicht in zwei symmetrische Flügel unterteilt – Schlafraum, Tagesraum, Waschraum, zu beiden Seiten des Eingangs – wie in den Baracken des Großen Lagers. Hier durchzog eine zementierte Abortgrube, in der unaufhörlich ein Wasserrinnsal floß, das Gebäude fast in seiner gesamten Länge. Ein dicker, grob behauener Balken befand sich über der Grube und diente als Sitz. Zwei

weitere, leichtere, darüber angebrachte parallele Balken ermöglichten es den Hockenden, sich mit dem Rücken anzulehnen, so daß also zwei Reihen von Häftlingen sich den Arsch zukehrten.
Gewöhnlich entleerten sich Dutzende von Deportierten zur gleichen Zeit, in dem für die Örtlichkeit charakteristischen Pestgestank.
Ringsum an den Wänden des rechteckigen Raums waren Zinkwaschbecken mit fließendem kalten Wasser angebracht.
Dorthin mußten sich die Deportierten des Kleinen Lagers begeben, da ihre Baracken, anders als die des Großen Lagers, keine sanitären Einrichtungen besaßen. Nur die Blockältesten und die Mitglieder des *Stubendiensts* verfügten über solche, die dem Plebs jedoch untersagt waren.
Die Deportierten gingen also in die Gemeinschaftsbaracke, um ihre Notdurft zu verrichten, um sich selbst und ihre stets schmutzigen Lumpen zu waschen.
Der Dünnschiß war nämlich das übliche Los der beiden Kategorien von Häftlingen, die das Kleine Lager bevölkerten. Diejenigen, die gerade hier eingetroffen waren und sich noch in Quarantäne befanden (bevor sie in einem Außenkommando abtransportiert oder einer festen Arbeitsstelle im Großen Lager zugeteilt wurden), litten an den Störungen, die die plötzliche Veränderung der Ernährungsweise und der Genuß eines übelriechenden, kaum trinkbaren Wassers zwangsläufig verursachten.
Die zweite Kategorie, die unterste Schicht des Lagerplebs, bestand aus einigen hundert arbeitsunfähigen, invaliden oder vom Produktionssystem und seiner despotischen Strenge zerbrochenen Deportierten. Diese vermoderten im Gestank einer mehr oder weniger langsamen Agonie, die ihre Eingeweide zerfraß und verflüssigte.

Aber die Latrinenbaracke war noch fast leer, als ich an jenem Sonntag nach Kaminskys Weggang dort eingetreten bin.

Mein junger französischer Muselmann war nicht da.

Ich hatte ihn an einem schon fernen Sonntag, zu Beginn des Herbstes, bemerkt. Etwa zur selben Zeit, als ich vom Eintreffen von Maurice Halbwachs erfahren hatte, seiner Anwesenheit im Block 56 der Invaliden. Zweifellos hatte ich ihn an einem Sonntag, an dem ich meinen ehemaligen Professor aufsuchte, zum erstenmal bemerkt.

In der Sonne, außerhalb der Latrinenbaracke, auf der Seite des Wäldchens, das sich bis zum Krankenbau, dem *Revier*, erstreckt.

Vielmehr war mir seine Häftlingsnummer aufgefallen.

Er – falls es zulässig oder angemessen war, ein Personalpronomen zu verwenden; vielleicht wäre es richtiger, berechtigter gewesen, »es« zu sagen –, er jedenfalls war lediglich ein Haufen ekler Lumpen. Ein unförmiges Bündel, zusammengesackt an der Außenwand des Latrinengebäudes.

Aber die Häftlingsnummer war deutlich zu sehen.

Ich bin zusammengezuckt: diese Nummer folgte ziemlich dicht auf die meine. Man konnte sich vorstellen: in der Nacht meiner Ankunft in Buchenwald, vor acht Monaten, mußte dieses Wesen – es war eine Vermutung, jedenfalls eine Wette –, vor acht Monaten mußte dieses numerierte, zusammengesackte, regungslos in der noch lauen Herbstsonne kauernde Wesen in der endlosen Nacht der Ankunft in Buchenwald ganz in meiner Nähe durch den unterirdischen Korridor gerannt sein, der das Gebäude der Duschen und der Desinfektion mit dem der Effektenkammer verband. Er mußte splitternackt gerannt sein, wie ich. Und wie ich mußte er die unsäglichen, nicht zusammenpassenden Kleidungsstücke im Flug aufgefangen haben – eine groteske Szene, wir hatten Zeit gehabt, uns dessen bewußt zu werden, vielleicht hätten wir gemeinsam darüber gelacht, wenn er neben mir gestanden hätte –, die man ihm zuwarf, während er an dem langen Tisch der *Effektenkammer* vorbeirannte.

Zum Schluß mußte er nackt, überall geschoren, geduscht, desinfiziert, verstört vor den deutschen Häftlingen gestanden haben, die unsere Personalkarten ausfüllten.

Knapp hinter mir, ein paar Nummern, ein paar Meter hinter mir.

Plötzlich hatte er den Kopf gehoben. Zweifellos war er noch lebendig genug, um meinen auf ihm ruhenden Blick zu spüren. Meinen bangen, verwüsteten, schwer auf ihm liegenden Blick.

Es stellte sich heraus, daß dieses Wesen nicht nur eine Nummer, sondern auch ein Gesicht hatte.

Unter dem mit eitrigem Schorf bedeckten, kahlgeschorenen Schädel war dieses Gesicht auf eine Art Maske geschrumpft, ohne Relief, fast flach: auf eine zerbrechliche Knochenstruktur, einen langen ausgemergelten Hals. Aber in dieser fast durchsichtigen Maske befand sich ein merkwürdig jugendlicher Blick. Unerträglich, dieser lebendige Blick in einer Totenmaske.

Dieses Wesen von jenseits des Todes mußte mein Alter haben, zwanzig Jahre, mehr oder weniger – warum sollte der Tod nicht zwanzig Jahre alt gewesen sein?

Nie habe ich die Nähe, das menschliche Nahesein von jemandem so stark empfunden.

Es war nicht nur der Zufall dieser der meinen so nahen Nummer, der es mir ermöglichte, mir unsere Ankunft in Buchenwald vorzustellen, füreinander anonym, einander unbekannt, aber zusammen, verbunden durch eine geradezu ontologische Brüderlichkeit des Schicksals, auch wenn wir uns in diesem Leben noch nie begegnet waren.

Es war nicht nur dieser Zufall, so reich an Möglichkeiten der Kommunikation, der Kommunion er auch sein mochte.

Unsere Nähe reichte tiefer, lag nicht nur am Umstand unserer Nummern. Um die Wahrheit zu sagen, hatte ich die – verwirrende, vielleicht unvernünftige, aber ihrer selbst sichere, unerschütterliche – Gewißheit, daß er mich gegebenenfalls, wenn der Zufall es anders gewollt hätte, seinerseits mit dem gleichen Interesse, der gleichen Selbstlosigkeit, der gleichen Dankbarkeit, dem gleichen Mitgefühl, der gleichen verzehrenden Brüderlichkeit angesehen hätte, die ich in meiner Seele, in meinem Blick aufsteigen, sich verdichten spürte.

Dieser lebende Tote war ein junger Bruder, vielleicht mein *Doppelgänger*: ein anderes Ich oder ich selbst als ein anderer. Es war die erkannte Andersheit, die existentielle Identität, wahrgenommen als Möglichkeit, ein anderer zu sein, die uns einander so nahebrachte.

Eine Folge von Zufällen, winzigen Mißgeschicken, unverhofften Glücksfällen hatte uns auf dem Initiationsweg von Buchenwald getrennt. Aber ich konnte mich ohne weiteres in seiner Lage vorstellen, so wie er sich zweifellos in die meine hätte versetzen können.

Ich habe mich neben diesen Unbekannten meines Alters gesetzt.

Ich habe zu ihm gesprochen, er schien zuzuhören. Ich erzählte ihm von der fernen Nacht der Ankunft in Buchenwald, der Nacht unserer gemeinsamen Ankunft. Ich wollte, auch wenn seine Fähigkeit zuzuhören, aufzumerken, zu verstehen gemindert, abgestumpft war durch die körperliche und geistige Verlassenheit, ich wollte in ihm den Funken der Sorge um sich, des persönlichen Gedächtnisses wiederentfachen. Er würde sich nur dann von neuem für die Welt interessieren können, wenn es ihm gelänge, sich für sich selbst, für seine eigene Geschichte zu interessieren.

Ich habe lange geredet, er lauschte meiner Erzählung. Vernahm er sie?

Bisweilen hatte ich den Eindruck, als reagiere er: ein Wimpernschlag, der Anflug eines Lächelns, eine plötzliche Bewegung seiner Augen, die meinen Blick zu fixieren versuchten, statt sich im Anderswo, im Versunkenen, im Unbestimmten zu verlieren.

Aber er hat nichts gesagt an jenem ersten Tag, kein einziges Wort.

Er hat sich mit einer Handbewegung begnügt, einer Bewegung, die im übrigen weder flehend noch zaghaft, sondern seltsam gebieterisch war. Er hat die Zigarette gemimt, die man rollt, an seine Lippen führt, an der man zieht.

Es fügte sich, daß Nikolai, der russische *Stubendienst* von Block 56 (demjenigen, in dem Halbwachs dahinstarb), der großen Wert darauf legte, mir seine Ergebenheit zu beweisen – es kann nicht schaden, dachte er wohl, die Gunst eines Typen meiner Sorte zu erwerben, der in der *Arbeitsstatistik* arbeitet –, mir kürzlich eine Handvoll *machorka*-Zigaretten spendiert hatte.

Ich habe dem jungen Muselmann eine davon gegeben, habe sie für ihn angezündet. Vor Glück bekam er feuchte Augen.

Am nächsten Sonntag regnete es.

Ich fand ihn schließlich im Innern der Latrinenbaracke, im warmen, stinkenden Gewühl. Diesmal hat er mir von neuem zugehört, ohne ein Wort zu sagen. Und ich habe ihm zwei Röllchen *machorka* gegeben, bevor er sie mit gebieterischer, fast arroganter Gebärde forderte.

Kurzum, ich habe mit Tabak dafür bezahlt, daß er mir bei der Erzählung meines Lebens zuhöre. Von nun an tat ich nichts anderes: mein Leben davor und das in Buchenwald, ineinander verflochten, sich durchkreuzend. Auch meine Träume. Die von davor, quälend (*L'assaut au soleil des blancheurs des corps de femmes* – »Frauenleiber, deren Weiß bestürmt die Sonnenstrahlen«), und die Träume in Buchenwald, die an der ungreifbaren, zähen Gegenwart des Todes klebten. Keiner wird objektiv ermessen können, ob diese Kur mir heilsam gewesen ist. Ich neige eher dazu, nicht daran zu zweifeln.

Am dritten Sonntag sprach er mit einemmal einige Wörter. Zwei Wörter, um genau zu sein, nur zwei, jedoch unumstößliche Wörter.

Als ich in ihn drang, um eine Antwort auf ich weiß nicht mehr welche mir wichtig erscheinende Frage zu erhalten, betrachtete er mich mit einer Miene unsäglichen Mitleids, so wie man einen Debilen, ein zurückgebliebenes Kind betrachtet.

– Sprechen ermüdet, sagte er.

Seine Stimme war heiser, zittrig, sie strauchelte zwischen den hohen und den tiefen Tönen, nicht eben anziehend. Eine Stimme, die in letzter Zeit wenig benutzt worden sein mußte, die wieder rauh geworden war.

Dann brach der Winter über Buchenwald herein: eisige Regen- und Schneeschauer. Die Latrinenbaracke des Kleinen Lagers wurde zu einem notwendigen Ort der Rast auf dem Weg zum Block 56, in dem Maurice Halbwachs zugrunde ging.

Etwa auf halbem Weg zwischen Block 40, dem meinen, einem zweistöckigen Zementbau an der Grenze des Kleinen Lagers, von dem er durch einen nicht elektrisch geladenen, mit immer offenen Durchgängen versehenen Stacheldraht getrennt war, und Block 56, in dem die Invaliden, ob Muselmänner oder nicht, vermoderten, war die Latrinenbaracke im Winter ein Hafen der Wärme und Ruhe, trotz dem Gestank, dem Lärm, dem dort sich bietenden Schauspiel des Verfalls.

An einem Sonntag jenes Winters im Jahre 1944, einem der kältesten, hatte ich unter dem Schneetreiben meinen jungen Muselmann wiedergefunden. Neben ihm sitzend wärmte ich mich auf, bevor ich die letzte Strecke in Angriff nahm. Beide schwiegen wir.

Vor uns, vor unserem gleichgültig gewordenen Blick, befand sich die lange Reihe der hockenden, defäzierenden Deportierten. Zusammengekrümmt im stechenden Schmerz der Defäkation. Nicht weit von uns, zur Linken, zankte sich eine Gruppe alter Männer wegen einer Zigarettenkippe, die anscheinend nicht gerecht genug die Runde machte. Einige hielten sich wohl für übervorteilt und protestierten. Doch infolge ihrer Erschöpfung geriet dieser Protest, der wahrscheinlich heftig sein sollte, zu einem Scheingefecht lachhaften und jämmerlichen Gemurmels.

Ich konnte nicht umhin, mir Rimbauds Prosagedicht aufzusagen, an das ich manchmal gedacht hatte, seit ich die Gemeinschaftslatrinen des Kleinen Lagers kannte.

»Bethsaïda, der Fischteich mit den fünf Hallen, war eine Stätte des Ekels. Wie ein Zuber des Unheils lag er da, randvoll von Regen und Dunkel...«

Er hatte eine Art rauhen Schrei ausgestoßen, jäh aus seiner kachektischen Lethargie erwacht.

In Schwung gekommen, hatte ich weitergesprochen.

»Und die Bettler krochen innen über die Stufen, die da leuchteten unter den Blitzen, als kündeten sie von den Flammen der Hölle...«

Eine Gedächtnislücke: die Fortsetzung des Gedichts hatte sich verflüchtigt.
Er war es, der fortfuhr. Seine Stimme hatte das metallische Krächzen, den hohlen Klang eines Bauchredners verloren, den sie an dem Tag aufwies, an dem ich ihn zwei Wörter hatte sagen hören.
In einem Zug, einem einzigen Atemzug, als hätte er mit seiner Stimme gleichzeitig sein Gedächtnis, sein Selbst wiedergefunden, hatte er die Fortsetzung rezitiert.
»... die über die blauen blinden Augen zuckten und die weißblauen Lappen, mit denen jeder jedweden Stumpf seiner Glieder umwickelt. O Waschhaus der Krieger und Krüppel, o Bad du des Volkes ...«
Er lachte Tränen: das Gespräch wurde möglich.

Ich hatte die Muselmänner – die ich noch nicht so nannte – während meiner Quarantänezeit im Block 62 in der Baracke der Gemeinschaftslatrinen entdeckt.
Indem ich mich dort unter ihnen versteckte, war es mir manchmal gelungen, den Fronarbeiten aus dem Weg zu gehen, denen die meisten Neuankömmlinge bis zum Abtransport oder bis zur Eingliederung in das Arbeitssystem des Großen Lagers unterworfen waren, gemäß ihrer beruflichen Qualifikation oder den Interessen der illegalen Organisation.
Die Fronarbeit während der Quarantänezeit war meist grauenvoll, manchmal mörderisch.
Dort stand man nämlich unmittelbar unter der Fuchtel der *Scharführer*. Sie gingen persönlich in brüllenden Trupps zum Kleinen Lager hinunter, bewaffnet mit Knüppeln und langen Schlagstöcken aus Gummi (den berüchtigten *Gummis*, wie sie im Kauderwelsch der Lager hießen), um sich die paar Dutzend Deportierte zu schnappen, die sie für eine bestimmte Arbeit benötigten.
Sie drangen in die Baracke ein, leerten sie innerhalb weniger Minuten mit Stiefeltritten und *Gummi*schlägen, diejenigen unter uns aus den Bettstellen reißend, die trotz dem scheußlichen Gewimmel von Ungeziefer zu dösen vorgaben.
Sobald die von ihnen benötigten Häftlinge vor der Baracke versammelt waren, die Kolonnen sich in Fünferreihen aufgestellt hatten (*Zu fünf, zu fünf!* so lautete der zwanghafte Refrain des SS-Befehls), begann der Marsch, unter Prügeln und Gebrüll.
In diesen Augenblicken mußte ich dieser kehligen, primitiven Sprache der SS-Leute, die sich auf wenige unflätige Be-

schimpfungen oder Drohungen beschränkte (*Los, los! Schnell! Schnell! Schwein! Scheißkerl!*), innerlich, in meinem Gedächtnis, augenblicklich die Musik der deutschen Sprache entgegensetzen, ihre komplexe, schillernde Genauigkeit.

Es fiel mir leichter, mich dem allgemeinen Chaos zu entziehen, wenn es mir gelang, einen der äußeren Plätze in der Fünferreihe zu vermeiden, da der ideale Platz in der Mitte war, außer Reichweite der Knüppel. Dann konnte ich ohne weiteres, mitten im kehligen Gebrüll der SSler, stumm die deutsche Sprache heraufbeschwören.

Wer reitet so spät durch Nacht und Wind... Oder: *Ich weiß nicht, was soll es bedeuten, daß ich so traurig bin...* Oder: *Ein Gespenst geht um in Europa: das Gespenst des Kommunismus...*

Auch wenn die SS-Leute die Deportierten nicht selbst zusammentrieben, sondern den Blockältesten des Kleinen Lagers befahlen, zu einer bestimmten Uhrzeit eine bestimmte Anzahl von Quarantänehäftlingen an einen bestimmten Ort zu schaffen, so erfolgte die eigentliche Fronarbeit doch immer unter ihrer direkten Kontrolle.

Anders gesagt, im Schrecken der willkürlichsten Grausamkeit.

Diese Arbeiten waren verschiedener Art, immer mühselig, zuweilen unerträglich. Überdies sinnlos. Im *Steinbruch* zum Beispiel mußte man ohne ersichtlichen Grund Steine von einer Stelle zur andern schaffen, um sie dann meist wieder zum Ausgangspunkt zurückzutragen. Die Steine waren schwer, sie marterten die Knochen der Schulter, auf die man sie legte, um sie im Laufschritt zu transportieren. Die SSler und die Hunde rannten neben uns her, drangsalierten uns mit Gebell, Bissen in die Waden, *Gummischlägen* auf die Nieren.

Die schlimmste Fron, obgleich die am wenigsten absurde, die einzige, der man einen Schein von Nützlichkeit hätte zuerkennen können, war die Fron der *Gärtnerei*. In Wahrheit aber war sie, und so nannten wir sie auch, »Scheißarbeit«. Denn es ging darum, den natürlichen Dung aus den Kloaken von Buchenwald in den Gemüsegarten der SS-Garnison zu transportieren. Unsere Exkremente düngten die Erde, in der der Kopfsalat, das frische Gemüse der SS-Kantine gedieh.

Man mußte die Fäkalien in Holzkästen tragen, die man an eine lange Stange hing; man trug sie zu zweit, einer vor dem andern, von einer Schulter zur andern.

Das höchste Vergnügen der Scharführer bestand an solchen Tagen darin, die verschiedenartigsten Deportierten zusammenzuspannen: einen Schmächtigen mit einem Stämmigen; einen Kleinen mit einem Großen; einen Kränklichen mit einem Kräftigen; einen Russen mit einem Polen. Das Ungleichgewicht schuf zwangsläufig Probleme, rief manchmal Konflikte zwischen den beiden Trägern hervor, woraus Feindseligkeit erwuchs.

Nichts belustigte die SS-Leute so sehr wie Schlägereien unter Deportierten, in die sie sofort mit Knüppeln eingriffen.

Aber auch wenn es einem gelang, seine Gangart der des anderen anzupassen, den Rhythmus beider Schritte aufeinander abzustimmen, so war das Dilemma in jedem Fall unlösbar.

Wenn man die von den SS-Leuten geforderte Geschwindigkeit einhielt, konnte man nicht verhindern, daß der in den Kästen enthaltene Kot einen bespritzte. Dann wurde man bestraft, weil man seine Kleider beschmutzt hatte, was den strengen Hygieneregeln zuwiderlief.

Wenn es jedoch gelang, die stinkenden Spritzer zu vermei-

den, wurde man ebenfalls bestraft: man hatte die Frist überschritten, die für den Lauf zwischen dem Sammeldepot der Latrinen und dem Gemüsegarten jener Herren vorgeschrieben war.
Wirklich eine Scheißarbeit!

Am Fuß der Felswand, aus der man Steine brach – an jenem Tag war die Arbeit im *Steinbruch* angesagt –, erwartete uns ein Scharführer. Er zeigte jedem von uns den Granitblock, den er tragen sollte.
Mein unmittelbarer Nachbar in der Reihe der Fronarbeiter war ein junger Russe mit hellen Augen, breiten Schultern, ein Kräftiger. Dazu muß man sagen, daß die jungen Russen von Buchenwald allesamt kräftig waren. Bei diesem hier fragte ich mich, woher er wohl kam. Jedenfalls nicht aus Block 56, dem meinen, in dem sich derzeit nur Franzosen befanden. Zumindest in Frankreich verhaftete Widerstandskämpfer, darunter ein paar Spanier.
Durch Zufall und Pech im Kleinen Lager eingesammelt, wahrscheinlich, dieser unerwartete junge Russe.
Ein wenig später, nachdem er mir das Leben gerettet – mir jedenfalls Schlimmes erspart – hatte, habe ich vermutet, daß der junge Russe eine Verkörperung des Neuen Sowjetmenschen war, so wie ich ihn mir vorstellte, ein Mensch, der sich von der trostlosen Schlacke der Vergangenheit löste, nicht nur in bestimmten politischen Reden, die man für schwülstig halten mochte, sondern auch in der Realität der Romane von Platonow oder Pilnjak, der Gedichte von Majakowski.
Es war idiotisch, gewiß; zumindest naiv; von blinder, ideologischer Unschuld.
Seither hat sich herausgestellt, daß der Neue Sowjetmensch – die blutigste Utopie des Jahrhunderts – eher

beim Ankläger Wychinskij zu suchen war oder bei Pawel Morosow, dem jungen Menschen, der seine wenig begeisterten Verwandten bei Stalins Polizei denunzierte, eine heroische Tat, die ihn zu einem Helden der Sowjetunion machte.

Aber an jenem Tag, im Steinbruch von Buchenwald, nachdem der von der Vorsehung gesandte junge Russe mir wenn nicht das Leben gerettet, so doch Schlimmes erspart hatte, habe ich ihn mit den vermeintlichen Tugenden des Neuen Menschen ausgestattet: Großherzigkeit, Brüderlichkeit, Hingabe, reale Menschlichkeit… »Der Mensch, das wertvollste Kapital«, lautete so nicht der Titel einer berühmten Rede Stalins?

Nachdem diese Hypothese historisch zusammengebrochen ist, weiß ich nicht mehr, was ich von diesem jungen Russen halten soll. Wenn er nicht das aus der Revolution hervorgegangene Phantasma des Neuen Menschen verkörpern konnte, wer war er dann? War er vielleicht eine junge, aber sehr alte, archaische Gestalt des Schutzengels? Der gute Engel, *el ángel bueno*, meiner Jugendzeitlektüre von Rafael Alberti?

Jedenfalls hatte der junge Russe den für mich viel zu schweren Stein, den der SS-Mann mir zugewiesen hatte, auf seine Schulter genommen. Er hatte mir den seinen überlassen, der um vieles leichter war, einen unverhofften Moment der Unaufmerksamkeit des sadistischen Scharführers ausnutzend. Mit dieser Geste hatte er es mir ermöglicht, eine Arbeit durchzustehen, die mir zum Verhängnis hätte werden können.

Eine unerhörte, völlig selbstlose Geste. Er kannte mich nicht, würde mich nie wiedersehen, konnte nichts von mir erwarten. Als anonyme, ohnmächtige Angehörige des Lagerplebs standen wir auf derselben Ebene machtloser

Gleichheit. Eine Geste reiner, nahezu übernatürlicher Güte also. Das heißt exemplarisch für die radikale Freiheit, das Gute zu tun, wie sie der menschlichen Natur innewohnt.

Doch kehren wir zum Ausgangspunkt zurück, zum Fuß der Felswand.

Der Scharführer des Steinbruchs musterte uns, den jungen Russen und mich, wahrscheinlich unsere jeweiligen Kräfte einschätzend.

Ich war gerade zwanzig geworden, ich war ein magerer, schlaksiger junger Mann. Sicher nichts Beeindruckendes, nicht wirklich kräftig. Der SS-Mann wußte nichts von mir, er beurteilte mich nach meinem Aussehen, meiner Magerkeit, die einige Monate Gefängnis und Lager sicher noch verstärkt hatten. Im Vergleich zu dem jungen Russen fiel ich bestimmt nicht ins Gewicht.

Der SS-Mann sieht uns an, vergleicht uns.

Ein Lächeln erhellt sein Gesicht. Ein entzücktes, grausames Lächeln: ein menschliches, allzu menschliches. Das unnachahmliche Lächeln der menschlichen Lust am Bösen.

Mit einer Handbewegung weist er mir einen dicken Felsbrocken zu, der Tonnen wiegen muß. Dann zeigt er meinem athletischen Fronnachbarn einen sehr viel leichteren, einen Splitter grauen Granits.

Der SS-Mann lächelt noch immer, reibt sich seine in schwarzen Lederhandschuhen steckenden Hände. Ein langer Gummiknüppel hängt an seinem linken Handgelenk.

Er weiß nichts von mir, das Schwein: dem werde ich's zeigen.

Er war nicht dabei in jener Septembernacht im Wald von Othe, 1943. Als wir eine für Jean-Marie Action mit dem Fallschirm abgeworfene Ladung Waffen und Sprengstoff transportierten, waren wir auf eine Absperrung der *Feldgendarmerie* gestoßen. Unter dem Kreuzfeuer des Hinterhalts hatten wir die Fahrzeuge stehenlassen müssen, da die Reifen von den Kugeln automatischer Waffen durchlöchert worden waren. Dem Chef des Maquis, einem Reserveoffizier, bei dem wir diese Fallschirmbeute ablieferten, war in der Nacht eine heikle Operation gelungen, im betäubenden Durcheinander eines blinden Kampfs. Es war ihm gelungen, eine Deckungsmannschaft aufzustellen, die fortfuhr, die *Feldgendarmen* zu beschießen. Die zum Glück ihre Stellung nicht verließen, wahrscheinlich aus Angst, sich im Hochwald zu verlieren. Unterdessen hatten wir anderen, wie Esel bepackt, Waffen und Sprengstoff ausgeladen und in das vorgesehene, etwa fünfzehn Kilometer Fußmarsch entfernte Versteck durch den nächtlichen Wald transportiert, unter dem Gewicht der kostbaren Fracht.

Keine einzige Sten-Maschinenpistole, kein einziges Gramm Dynamit war verlorengegangen.

Im Morgengrauen schließlich, als alles im Kartoffelkeller, der als vorläufiges Depot dienen sollte, verstaut war, hatte ich mich an einen Satz von Saint-Exupéry erinnert: in der Tat, kein Tier wäre dazu in der Lage gewesen!

Ich packe den schweren Felsbrocken, ich hieve ihn auf meine rechte Schulter. Ein dumpfer Zorn stößt mich vorwärts, ein Schwall von Haß erwärmt mir das Herz.

Einen Kilometer später frage ich mich, ob ich meine Kräfte nicht überschätzt habe. Wir sind auf dem begehbaren Pfad, der um den Steinbruch herumführt. Unverbaubarer Blick auf die Landschaft: noch verschneiter Buchenwald, der Ettersberg hinter dem schützenden Rauch des Krematoriums, die Ebene Thüringens, reich und fett, in der Ferne, am Fuß des Berges.

Dennoch schien das Schlimmste überstanden zu sein: von jetzt an geht es bergab. Aber ich habe meine Kräfte überschätzt. Der Felsbrocken zerreißt mir die Schulter, drückt meinen Brustkorb ein. Ich kann nicht mehr atmen. Jeder Schritt kostet mich eine Anstrengung, die mir die Sicht trübt. Ich müßte einen Augenblick stehenbleiben, um wieder zu Atem zu kommen.

Der junge Russe ist mir dicht auf den Fersen. Er geht leichten Schritts, anscheinend mühelos. Aber er überholt mich nicht, er paßt auf mich auf.

Der SS-Mann ist uns seelenruhig gefolgt, eine Zigarette rauchend. Er wartet auf den Moment, da ich zusammenbrechen werde. Weiterhin selig lächelnd.

Plötzlich bricht am Ende der Kolonne Lärm aus. Es geht drunter und drüber, man hört Schreie. Deportierte und SSler rennen in alle Richtungen.

Unser Scharführer hat seine automatische Pistole aus dem Halfter gezogen. Er entsichert sie. Er stürzt zum Ort des Geschehens.

Der junge Russe holt mich ein. Er sagt mir ein paar Worte, die ich nicht verstehe. Von der russischen Sprache verstehe ich fast nur die im übrigen höchst eintönigen Flüche. Denn es geht immer darum, eine Frau aus der Familie zu ficken, mit Vorliebe die Mutter desjenigen, den man beschimpft.

Im Augenblick flucht er nicht. Ich höre weder das Wort »Mutter« noch das Wort »ficken«.

Bestimmt gibt er mir Ratschläge. Vielmehr Instruktionen. Ich verstehe die Wörter nicht, aber ich verstehe die Handbewegungen. Ich verstehe, daß er mir den dicken Felsbrocken, den ich trage, abnehmen und mir dafür den seinen geben will. Sofort schreitet er zur Tat. Er befreit mich von der Last, die mich erdrückte, mir den Atem nahm. Dafür nehme ich den Stein, den er trug. Ich möchte vor

Freude schreien: er ist leicht wie eine Feder, ein Schmetterling, das Lächeln einer Frau, eine wattige Wolke am blauen Himmel!

– *Bistro, bistro*! schreit der junge Russe.

Und das verstehe ich sehr gut.

Er will, daß wir uns beeilen, bevor der SS-Mann zurückkommt. Wir gehen den abschüssigen Weg hinunter. Für mich ist es einfach geworden, ich lasse mich in leichtem Trab den Abhang hinabgleiten. Der junge Russe geht ebenso schnell wie ich, trotz dem schweren Felsbrocken, den er trägt: eine Naturkraft.

Wir haben unsere Last auf den Steinhaufen geworfen, den eine andere Arbeitsgruppe, vielleicht morgen, an irgendeinem der nächsten Tage, von neuem umschichten wird, um der Schönheit sinnloser Arbeit willen. Absurder, aber erzieherischer Arbeit. Sogar umerzieherischer. Denn im Organisationsplan der Nazis ist Buchenwald, vergessen wir es nicht, ein *Umschulungslager*, Umschulung durch Arbeit.

Der junge Russe sieht mich an, frisch wie ein Fisch, sichtlich erfreut über den Streich, den er dem SS-Mann gespielt hat. Er spricht zu mir, und ich finde in seiner Rede das wohlbekannte Verb »ficken« wieder. In Anbetracht des fehlenden Worts »Mutter«, das im allgemeinen besagtem Verb angehängt wird, folgere ich, daß er diesmal seine Freude darüber zum Ausdruck bringt, den SSler »gefickt« zu haben.

Und als reichte das noch nicht aus, teilt er ein halbes *machorka*-Röllchen mit mir. Wir rauchen, der Frühling kündet sich an, man braucht sich nur noch des Lebens zu freuen, so scheint es.

Als er mir meinen Tabakanteil gab, hat er mich »*Towarischtsch*« genannt. Im Augenblick bestärkt mich das in

dem Gedanken, daß es sich um eine Verkörperung des Neuen Sowjetmenschen handelt. Heute bedarf es anderer Hypothesen.
Towarischtsch, jedenfalls, »Genosse«.

Nach diesem Erlebnis habe ich versucht, den Quarantänearbeiten aus dem Weg zu gehen: verständlicherweise.
Ich würde nicht jedesmal mit dem Glück rechnen können, das mich zu verfolgen schien. Das im übrigen nicht aufgehört hat, mich zu verfolgen. In Spanien, zehn Jahre später, in der antifrankistischen Illegalität, lief mir das Glück immer hinterher. Auch in Spanien sagte man mir, daß ich Glück hätte, so wie Kaminsky an jenem fernen Sonntag in Buchenwald. Doch in meiner Muttersprache ist die Metapher dafür direkter, sinnlicher als im Französischen: *Tu si que has nacido con una flor en el culo*! rief man aus. Mit einem silbernen Löffel im Mund geboren sein, heißt es im Französischen; mit einer Blume im Arsch im Spanischen. Und doch ist es dasselbe. Sicher könnte man über den semiologischen Unterschied zwischen den beiden Ausdrücken streiten, daraus Schlüsse über die Oralität und Analität der einen oder der anderen Sprache ziehen. Doch dazu ist gewiß nicht der richtige Augenblick.
Der Beschluß, eine Selbstverteidigungsgruppe ins Leben zu rufen, ist eines Abends in der Latrinenbaracke gefaßt worden, nach dem Appell und der Suppe, vor der Sperrstunde. Wir waren zu dritt, wenn ich mich recht erinnere: Yves Darriet, Serge Miller und ich. Yves hat Claude Francis-Bœuf in die Gruppe mitgebracht. Bei Miller war es Hamelin. Ich habe niemanden mitgebracht, ich kannte niemanden.
Das Prinzip des Selbstverteidigungssystems war einfach: es galt zu vermeiden, von der plötzlichen Aufstellung einer

Arbeitskolonne überrascht zu werden, die wenigen verbleibenden Minuten zu nutzen, um sich in den Latrinen zu verstecken.
Um das zu erreichen, schob einer von uns vor Block 62 umschichtig Wache. Die Ankunft eines SS-Trupps konnte nicht unbemerkt bleiben. Man sah von fern, wie sie sich auf dem Appellplatz gruppierten, oben auf dem Hang des Ettersbergs, auf dem das Lager errichtet war. Gewiß drangen die SS-Trupps nicht immer nur deshalb in das Lager ein, um Deportierte für ein Arbeitskommando abzugreifen. Sie kamen auch, um – immer seltenere – Strafaktionen vorzunehmen, eine Baracke zu durchsuchen, nachzusehen, ob sich in den Blocks Drückeberger versteckten.
Für alle Fälle signalisierte uns der Späher indes das Auftauchen der SS-Leute, und wir flüchteten schnell in die Latrinen.
Einmal dort, waren wir in Sicherheit.
Die sanitäre Baracke war nämlich ein Ort des Asyls und erfreute sich eines sonderbaren extraterritorialen Status. Niemals setzten die SS-Leute einen Fuß über ihre Schwelle. Auch die Kapos nicht, wenn ich meiner persönlichen Erfahrung glauben darf.
Bei dem einzigen Mal jedenfalls, daß ich einen Kapo – im übrigen einen Politischen, ein »rotes Dreieck« – auf den Gängen entlang der zentralen Abortgrube herumspazieren sah, gab es ganz besondere Gründe für seine Anwesenheit in der Baracke.
Diesen deutschen Häftling, der einen wichtigen Posten in der Hierarchie der inneren Verwaltung bekleidete, hatte man jeder illegalen politischen Verantwortung enthoben, weil er ein »leidenschaftlicher« Päderast war.
Seifert selbst, der Kapo der *Arbeitsstatistik*, hatte eines Tages dieses Adjektiv, *leidenschaftlich*, verwendet, als die-

ser Mann aus dienstlichen Gründen in unsere Büros gekommen war.

Mit einer Art nahezu respektvoller Verwunderung hatte Seifert die Besonderheit dieses Mannes beim Namen genannt.

Ich hatte verstanden, daß der Kapo mit einer absoluten, radikalen Liebe Knaben liebte, daß er bereit war, dieser Leidenschaft alles zu opfern. Er hatte ihr bereits seine Zugehörigkeit zur kommunistischen Partei geopfert und alle Konsequenzen auf sich genommen, die ein solches Opfer in Buchenwald für ihn nach sich ziehen konnte.

Seiferts Respekt, dieses bewundernde Erstaunen, das man an der Art, wie er diese Geschichte berichtete, bemerkte, hatte einen ganz bestimmten Grund. Seifert respektierte natürlich nicht die Sitten des Kapos. Von seiten eines kommunistischen Veteranen war schwerlich eine verständnisvolle oder tolerante oder gar ehrerbietige Haltung zu erwarten.

Aber es sah so aus, als hätte sich Kapo – sollte ich je seinen Namen gewußt haben, dann habe ich ihn völlig vergessen: Kapo also als Eigenname – vor einigen Jahren äußerst mutig verhalten.

Um 1942, jedenfalls nach dem Angriff der Nazis auf die UdSSR, war ein gewisser Wolff, ein ehemaliger Offizier der Wehrmacht, *Lagerältester* geworden: der höchste Posten, den ein deutscher Häftling in der inneren Verwaltung erlangen konnte. In jener Zeit war die Vorherrschaft der Roten ein weiteres Mal gefährdet, da die Grünen, das heißt die Kriminellen, erneut in der Gunst der SS-Führung standen.

Als notorischer Homosexueller war Wolff seinem jungen Liebhaber ergeben, einem Polen, der einem ausländerfeindlichen und antisemitischen Clan der extremen Rechten angehörte. Und in dem Streit, den Wolff, seine Anhänger und seine Lustknaben gegen die Roten vom Zaun brachen, um sie aus allen einflußreichen Posten zu verjagen, scheint K. – für Kapo: ich kann mich entschieden nicht mehr an seinen Namen erinnern! – wahnwitzigen Mut bewiesen zu haben, indem er seine politischen Freunde gegen den Wolff-Clan verteidigte und damit, mehr aus Treue zu seinen Idealen als zu seinen Leidenschaften, jede Möglichkeit verlor, einen Posten der inneren Macht zu erlangen oder zu behalten.

Jedenfalls, unabhängig vom Grad der historischen Genauigkeit dieser legendären Erzählung von Buchenwald, war K. der einzige rote Kapo, den ich eines Tages in der Baracke der Gemeinschaftslatrinen des Kleinen Lagers herumspazieren sah.

Er ging die Abortgrube entlang und betrachtete all diese halbentblößten Körper, diese Schenkel, diese Ärsche, diese dem Blick sich darbietenden Geschlechtsteile.

Die Latrinen wurden nicht nur von den Invaliden und Greisen aufgesucht, ob Muselmännern oder nicht, die arbeitsuntauglich waren oder aus dem System der Zwangsarbeit herausfielen, zum Sterben zusammengepfercht in einigen Baracken, deren emblematischster zweifellos Block 56 war.

Man fand dort auch die Neuankömmlinge des eigentlichen Quarantänelagers, das heißt die Deportierten, die man soeben der Außenwelt, dem vorherigen Leben entrissen hatte. Diejenigen also, deren körperliche Frische noch wahrnehmbar war. Demnach appetitlich für jemanden, der Appetit auf männliche Körper hatte.

Zweifellos suchte K. unter den Jüngsten nach einer Beute oder einem willigen Opfer oder einem Partner. Das war nicht undenkbar: ein begehrlicher Blick, ein verheißener

Austausch, eine dargebotene oder vorgeschlagene Zärtlichkeit, eine zu teilende Verzweiflung.
Plötzlich standen wir uns gegenüber.
Er war ein Mann um die vierzig, eher über vierzig. Sehr dunkles Haar, matte Haut. Seine umschatteten Augen, sein verwüsteter Blick ließen die innere Qual einer ungestillten Sehnsucht erahnen.
Er hat mich gesehen, mich wiedererkannt. Zumindest in mir jemanden wiedererkannt, der in der *Arbeit* beschäftigt war, den er schon einmal zusammen mit Seifert gesehen hatte, dem großen Kriegsherrn im Dschungel von Buchenwald.
Sein Blick blitzte auf. Zunächst überrascht. Dann komplizenhaft: war ich aus denselben Gründen hier wie er? Eine Komplizenschaft, die sofort von dunkler Angst getrübt, zumindest umwölkt wurde: sollte ich ihm etwa Konkurrenz machen auf dem Markt der Lustknaben?
Mit einer Handbewegung habe ich ihn beruhigt. Nein, ich sei nicht auf der Jagd, von mir habe er nichts zu befürchten.

Die roten Kapos von Buchenwald mieden das Latrinengebäude des Kleinen Lagers: *Cour des miracles*, Fischteich von Bethsaïda, Suk aller nur möglichen Tauschgeschäfte. Sie verabscheuten den Pesthauch des »Bads des Volkes«, des »Waschhauses der Krieger und Krüppel«, die Anhäufung ausgemergelter, mit Geschwüren, unförmigen Lumpen bedeckter Körper, die aus den Höhlen tretenden Augen in den grauen, von furchtbarem Schmerz verwüsteten Gesichtern.
– Eines Tages, so sagte Kaminsky zu mir, verstört, zu erfahren, daß ich manchmal dorthin ging, sonntags, auf dem Weg zu Halbwachs in Block 56 oder auf dem Rückweg von

einem Gespräch mit ihm, eines Tages werden sie sich zusammenrotten und sich auf dich stürzen, um dir deine Schuhe und deinen *Prominenten*mantel zu klauen! Was zum Teufel suchst du dort?

Unmöglich, es ihm begreiflich zu machen.

Ich suchte dort genau das, was ihn erschreckte, wovor er sich fürchtete: die vitale, ubueske, aufwühlende und wärmende Unordnung des Todes, der uns allen beschieden war, dessen sichtbares Nahen all dieses Treibgut zu Brüdern machte. Wir selbst starben an Erschöpfung und Dünnschiß in dieser Pestilenz. Dort konnte man die Erfahrung des Todes anderer als persönliche Perspektive machen: das *Mitsein zum Tode*.

Dennoch kann man verstehen, warum die roten Kapos diese Baracke mieden.

Es war der einzige Ort in Buchenwald, der sich ihrer Macht entzog, den zu besetzen ihrer Widerstandsstrategie niemals gelingen würde. Denn das Schauspiel, das dort aufgeführt wurde, war das ihres stets möglichen Scheiterns. Das Schauspiel ihrer stets drohenden Niederlage. Sie wußten genau, daß ihre Macht dem Wesen nach prekär blieb, da sie den Launen und den unvorhersehbaren Kehrtwendungen der globalen Unterdrückungspolitik Berlins ausgesetzt war.

Und die Muselmänner waren die gewiß erbarmungswürdige, erschütternde, aber unerträgliche Verkörperung dieser stets zu befürchtenden Niederlage. Sie zeigten auf eklatante Weise, daß der Sieg der SS nicht unmöglich war. Behaupteten die SSler nicht, daß wir nichts als Scheiße seien, der letzte Dreck, Untermenschen? Der Anblick der Muselmänner konnte sie darin nur bestärken.

Aus eben diesem Grunde war es dagegen schwer zu verstehen, warum auch die SS-Leute die Latrinen des Kleinen

Lagers mieden, so daß sie daraus, zweifellos unfreiwillig, einen Ort der Zuflucht und der Freiheit gemacht hatten. Warum flohen die SS-Leute ein Schauspiel, an dem sie sich doch hätten weiden und laben müssen, das Schauspiel des Niedergangs ihrer Feinde?

In den Latrinen des Kleinen Lagers von Buchenwald hätten sie das Schauspiel der Untermenschen genießen können, deren Existenz sie postuliert hatten, um ihre rassistische und ideologische Arroganz zu rechtfertigen. Aber nein, sie verzichteten darauf, sie aufzusuchen: paradoxerweise war dieser Ort ihres möglichen Sieges ein verfluchter Ort. Als hätten die SS-Leute – in diesem Fall wäre das ein letztes Zeichen, ein letzter Funke ihrer Menschlichkeit gewesen (unstreitig: ein Jahr Buchenwald hatte mir konkret beigebracht, was Kant lehrte, daß nämlich das Böse nicht unmenschlich ist, sondern im Gegenteil ein radikaler Ausdruck der menschlichen Freiheit) –, als hätten sie die Augen geschlossen vor dem Schauspiel ihres eigenen Sieges, vor dem unerträglichen Bild der Welt, die sie dank dem tausendjährigen Reich zu errichten gedachten.

– Glaubst du, die Amerikaner werden in Bastogne standhalten? fragt Walter unvermittelt.
In der vorangegangenen Nacht, der Nacht von Samstag auf Sonntag, hatte ich mich im Augenblick der Sperrstunde zu meinem Posten in der *Arbeitsstatistik* begeben, wie abgesprochen. Zuerst hatte ich die von den verschiedenen Diensten signalisierten Bewegungen der Arbeitskräfte in die Zentralkartei übertragen. Ich hatte auf den Karteikarten vermerkt, welchen Deportierten aus Krankheitsgründen eine *Schonung* zugute kam. Dann hatte ich die Namen der Toten ausradiert: die Personalkarteien wurden mit Bleistift auf dem laufenden gehalten. Das war praktischer, denn es bewegte sich viel. Ständig mußte man löschen und neuschreiben. Zum Schluß hatte ich auch die Namen der Neuankömmlinge eingetragen, auf neue Karteikarten oder auf jene, die nach Auslöschung eines vorherigen Lebens wieder jungfräulich geworden waren.
Später war ich zu Walter ins Hinterzimmer der *Arbeitsstatistik* gegangen. Der alte Walter, sagte ich mir. In Wirklichkeit war er gar nicht so alt. Vielmehr vorzeitig gealtert. Er hatte die ersten, die unvorstellbaren Jahre in Buchenwald miterlebt. Als das Lager noch kein Sanatorium war. 1934 war ihm nach seiner Festnahme während eines Verhörs von der Gestapo der Kiefer zertrümmert worden.
Darunter litt er noch immer, er konnte praktisch nichts kauen. Jeden Tag holte er sich im *Revier* einen Napf Extrasuppe, eine Art süßen Brei.
Walter war einer der wenigen deutschen kommunistischen Veteranen, mit dem man reden konnte. Einer der wenigen, der nicht verrückt geworden war. Wenigstens nicht auf

aggressive Weise verrückt. Ich nutzte das aus, stellte ihm eine Menge Fragen über die Vergangenheit des Lagers. Er antwortete mir. Meine Kenntnis dieser Vergangenheit beruht zum großen Teil auf den Berichten, die er mir im Laufe langer Nächte gegeben hat.

Nur über eine einzige Episode ihrer Geschichte konnte ich ihm trotz meiner Beharrlichkeit kein Wort entlocken. Er weigerte sich nämlich, über die Jahre von 1939 bis 1941 zu sprechen, die Zeit des deutsch-sowjetischen Pakts. Dabei wäre es spannend gewesen, zu wissen, was sie damals gedacht, empfunden hatten, diese deutschen Kommunisten, die von Hitler, Stalins Verbündetem, in ein Lager gesperrt worden waren! Wie hatten sie diesen Riß erlebt? Inwiefern hatte dieser Pakt objektiv – diesmal kam dieses eher sinistre Adverb wirklich gelegen! –, inwiefern hatte der deutsch-sowjetische Pakt, objektiv, konkrete Auswirkungen in Buchenwald gehabt?

Nichts, kein einziges Wort: hartnäckiges Schweigen, willentlich stumpfer Blick, als verstünde er meine Fragen nicht, als gäbe es dazu wirklich nichts zu sagen. Kurz, als hätte es zwischen Hitler und Stalin keinen Freundschaftspakt gegeben.

Wie ich arbeitete Walter in der Zentralkartei, was die Gespräche erleichterte. Und häufig gehörten wir zur selben Nachtschicht.

Er hatte zwei Becher des schwärzlichen Getränks aufgewärmt, das ich weiterhin »Kaffee« nennen werde.

Draußen war die Nacht ruhig. Der Schnee glänzte bläulich unter den sich drehenden Lichtkegeln der Scheinwerfer, die in regelmäßigen Abständen die Lagerstraßen bestrichen. Ein roter Schein signalisierte, daß das Krematorium in Betrieb war. Doch die entnervte rauhe Stimme des SS-*Rapportführers* mit dem Befehl: *Krematorium ausmachen*!

würde bestimmt nicht zu vernehmen sein. In dieser Nacht war kein Luftalarm zu erhoffen.
Die alliierte Luftwaffe würde andernorts sehr viel zu tun haben, an der Ardennenfront.
– Glaubst du, die Amerikaner werden in Bastogne standhalten? fragt Walter. Als hätte er meine Gedanken gelesen.
Aber es ist nicht eben verwunderlich, daß er meine Gedanken liest: seit einigen Tagen denken wir an nichts anderes. Unter dem Befehl von Rundstedts, der damit das strategische Manöver des Nazigeneralstabs wiederholte, das 1940 entscheidend gewesen war, hatten die deutschen Truppen an der Ardennenfront eine Gegenoffensive begonnen. Sie hatten die Linien der Alliierten durchbrochen: der Ausgang der Schlacht hing vom Widerstand der Amerikaner in Bastogne ab.
Buchenwald schwirrte von beunruhigenden Gerüchten.
Keiner von uns meinte, daß die Nazis noch die Möglichkeit hätten, den Krieg zu gewinnen. Aber allein die Tatsache, daß es ihnen gelingen könnte, ihn zu verlängern und damit die Aussicht auf einen Sieg der Alliierten hinauszuzögern, war an sich schon erschreckend. Wenn Bastogne nicht standhielt, verringerte sich unsere Überlebenschance, verkümmerte unsere Kraft zu überleben. Wer in diesen Lagern würde noch einige weitere Wochen Hunger und Erschöpfung durchstehen?
Aber Walter stellt nicht wirklich eine Frage. Es ist vielmehr ein Wunsch, eine Beschwörung. Ich hoffe, daß die Amerikaner in Bastogne standhalten, das ist der Sinn seiner Frage.
Ich kann nur denselben Wunsch äußern wie er.
– Ich hoffe es, sage ich.

Es erwies sich, daß Walters Sorgen komplexer waren.
– Sind die Amerikaner gute Soldaten? fährt er fort. Anfangs haben sie von den Japanern ganz schön was abgekriegt!
– Anfangs, sage ich, haben auch die Sowjets ganz schön was abgekriegt!
Er nickt, räumt es ein.
Aber offensichtlich hat er es nicht zu schätzen gewußt, daß ich ihn mit einem solchen Argument beruhige.
– Muß man nicht ein wenig fanatisch sein, um ein guter Soldat zu sein? fragt sich Walter kurz darauf.
Er erwischt mich unvorbereitet, wie ich gestehen muß. Vor allem, da er es dabei nicht bewenden läßt.
– Sind wir Kommunisten nur deshalb so gute Soldaten, weil wir fanatisch genug sind?
Walter hat mit kaum vernehmlicher Stimme gesprochen, als hätte er Angst, daß man ihn hört. Aber außer uns beiden ist niemand im Hinterzimmer der *Arbeit*. Sicher hat er Angst zu hören, was er gerade gesagt hat, sich etwas Derartiges sagen zu hören.
Ich sehe ihn an, den ergrauenden alten Walter mit dem von der Gestapo zertrümmerten Kiefer.
Ich erinnere mich an *L'espoir* von André Malraux. Wenn von den Kommunisten die Rede ist, denkt man ganz automatisch an diesen Roman. Vor allem, wenn man ihn vor kurzem wiedergelesen hat, wie ich es einige Wochen vor meiner Verhaftung in Joigny getan hatte.
Ich erinnere mich an Manuel, den kommunistischen, zum Kriegshäuptling gewordenen jungen Intellektuellen, der erklärt, er sei im Begriff, seine Seele zu verlieren, weniger menschlich zu werden, genau in dem Maße, wie er ein guter Kommunist, ein guter Militärführer werde.

In *L'espoir* hat Manuel die Hinrichtung einiger Deserteure angeordnet, junger Antifaschisten, Freiwilliger der ersten Stunde, die bei einem Angriff der italienischen Panzer der Armee Francos die Flucht ergriffen hatten. Er erkennt, daß er künftig edle Gefühle manchmal wird unterdrücken müssen, Gefühle wie Erbarmen, Mitleid, hochherzige Vergebung der Schwächen anderer, um ein wirklicher Militärführer zu werden. Und es bedarf wirklicher Militärführer, einer echten Armee, will man den Krieg des Volks gegen den Faschismus gewinnen.

Aber nicht mit Walter kann ich über Malraux und *L'espoir* reden. Darüber könnte ich mit Kaminsky reden, der in den Internationalen Brigaden gekämpft und einige der Vorbilder des Romans von Malraux gekannt hat.

Walters Gedächtnis bezieht sich auf Dinge aus einer anderen Zeit, einer anderen politischen Kultur, die weniger weltoffen ist, eingeengt durch die sektiererischen Einstellungen der dreißiger Jahre, die die Komintern in Deutschland durchgesetzt hat: Klasse gegen Klasse

Wie auch immer, Walters Frage bleibt in der Schwebe. Dabei war es eine sehr treffende Frage, die uns weit hätte führen können: Sind wir Kommunisten deshalb so gute Soldaten, weil wir Fanatiker sind?

Aber die Tür des Hinterzimmers hat sich geöffnet, Meiners tritt ein. Und in seiner Gegenwart werden wir ganz bestimmt nicht weiterreden.

»Und Sie sind –? Henry Sutpen. Und Sie sind hier –? Vier Jahre. Und Sie kehrten zurück –? Um zu sterben. Ja. Zu sterben –? Ja, zu sterben. Und Sie sind hier –? Vier Jahre. Und Sie sind –? Henry Sutpen.«

Ich hatte Walter im Hinterzimmer der *Arbeit* alleingelassen. Schweigend, Meiners absichtlich den Rücken kehrend. Ich war an meinen Arbeitstisch, zur Zentralkartei zurückgekehrt. Ich hatte die Absicht, Faulkners Roman *Absalom! Absalom!* zu Ende zu lesen.
Ich hatte ihn mir für diese Woche der Nachtarbeit in der Bücherei ausgesucht.
Ich weiß, daß dies manche irritieren wird. Oder überraschen, ja sogar beunruhigen wird: ich weiß es nur allzugut.
Vor mehreren Jahren, als ich erwähnte, daß ich in der Bücherei von Buchenwald Hegels *Logik* gefunden und gelesen hatte – unter ebendiesen Bedingungen: während einer Woche, in der ich *Nachtschicht* hatte, die einzige Gelegenheit, wo es möglich war zu lesen, und auch nur dann, wenn man in einem Büro oder einem Versorgungskommando arbeitete; am Montageband der Gustloff-Werke zum Beispiel mit ihrem Dreischichtsystem war das undenkbar! –, hatte ich einige entrüstete Briefe erhalten. Oder betrübte. Wie konnte ich es wagen zu behaupten, es habe in Buchenwald eine Bücherei gegeben? Weshalb eine solche Fabel erfinden? Wollte ich etwa glauben machen, das Lager sei eine Art Erholungsheim gewesen?
Andere, gewitztere Leser sahen die Sache unter einem anderen Blickwinkel. Ach so, es gab in Buchenwald also eine Bücherei? Und Sie hatten Zeit zu lesen? Na, dann konnte alles ja nicht ganz so furchtbar gewesen sein! Sollte man etwa bei der Beschreibung der Lebensbedingungen in den Nazilagern stark übertrieben haben? Waren es tatsächlich Todeslager?
Gewiß, derartige Briefe waren nicht sehr zahlreich. Ich beantwortete natürlich keinen. Denn wenn diese erstaunten oder zweifelnden Leser böswillig waren, so hätte kein

einziges meiner Argumente sie zu überzeugen vermocht. Waren sie dagegen gutwillig, so würden sie von selbst herausfinden, daß mein Bericht der Wahrheit entspricht.

Ja, es gab in Buchenwald eine Bücherei. Die Dokumente darüber sind leicht zugänglich. Wenn man Zeit und Lust hat zu reisen, kann man die Stadt Weimar besuchen. Die Stadt Goethes, nicht wahr? Bezaubernd. Die Spuren seiner Anwesenheit sind allgegenwärtig. Wie auch die Erinnerungen an Schiller, Liszt, Nietzsche, Gropius, kurz, die Spuren der europäischen Hochkultur. Bei schönem Wetter und Sonnenschein – warum sollte man für eine solche Reise nicht die schöne Jahreszeit wählen? – kann man am Ufer der Ilm spazierengehen, am Stadtrand. Am Ende eines grünen, bewaldeten Tals steht Goethes kleine Sommerresidenz, das *Gartenhaus*. Hinter der Brücke über die Ilm findet man dort eine Bank: ein irrwitziger Ort, um sich hinzusetzen. Die Gedanken, die Sie dort sicherlich bestürmen, werden Ihr Gedächtnis und Ihre Seele zutiefst berühren.

Denn am Vortag – oder erst am selben Morgen, wenn Sie für den Spaziergang zum *Gartenhaus* den Nachmittag gewählt haben – werden Sie die wenigen Kilometer zurückgelegt haben, die Weimar vom Konzentrationslager Buchenwald auf dem Ettersberg trennen, ebendort, wo Goethe so gern mit dem unsäglichen Eckermann spazierenging.

Sie werden diesen Ort des Gedenkens, diese archäologische Stätte der europäischen Geschichte der Schändlichkeit besichtigt haben. Sicher werden Sie sich lange im Museum von Buchenwald aufgehalten haben. Dort befinden sich alle Erläuterungen zur Lagerbücherei. Sie können sogar das Exemplar von Hegels *Logik* betrachten, das ich in Händen hatte, das meinige.

Dagegen wird man dort nicht, und ich bedauere es, den Roman von Faulkner finden, den ich im Dezember 1944 las, als diese Geschichte begann: das Exemplar der Bücherei von Buchenwald ist noch nicht wieder aufgefunden worden.
Aber wenn Sie weder Zeit noch Lust, noch die Mittel haben, die Reise nach Weimar anzutreten, brauchen Sie nur in eine Buchhandlung zu gehen und dort nach dem Buch von Eugen Kogon, *Der SS-Staat*, zu fragen, das in einer bekannten Taschenbuchreihe erschienen ist. Die Existenz und die Geschichte der Bücherei von Buchenwald sind dort bezeugt und dokumentiert.
Unter einem anderen Titel (*L'enfer organisé*, Die organisierte Hölle) ist Kogons Buch 1947 auf französisch veröffentlicht worden. Es handelt sich dabei um ein in mehrerer Hinsicht grundlegendes Zeugnis. Zum einen, weil Kogon in der inneren Verwaltung von Buchenwald eine Schlüsselstellung innegehabt hat, die es ihm erlaubte, das System der Konzentrationslager insgesamt zu überblicken. Er war nämlich der Sekretär des SS-Lagerarztes Ding-Schuler, des Verantwortlichen für den Block der medizinischen Experimente. In dieser Stellung hat Kogon mit viel Geschick, Mut und Ausdauer dem antifaschistischen Widerstand von Buchenwald unschätzbare Dienste erwiesen.
Zudem war Eugen Kogon – was sein Zeugnis, seine Untersuchung um so bedeutsamer macht – kein Kommunist. Als Christdemokrat und entschiedener Gegner der marxistischen Ideologie hat er unter Einsatz seines Lebens am antinazistischen Widerstand in Buchenwald teilgenommen, an der Seite seiner deutschen kommunistischen Kameraden, doch ohne je seiner moralischen Autonomie abzuschwören.

Und folgendermaßen schildert Eugen Kogon in seinem Buch die Entstehung der Bücherei von Buchenwald: »Die Häftlingsbücherei wurde in Buchenwald schon 1938 eröffnet. Zur Beschaffung der ersten 3000 Nummern durften sich die Gefangenen Bücher von zu Hause schicken lassen oder sie mußten entsprechende Geldspenden machen, aus denen die Kommandantur nationalsozialistische Werke kaufte. (...) Aus eigenen Mitteln stiftete sie 246 Bücher, davon je 60 Exemplare von Hitlers ›Mein Kampf‹ und Alfred Rosenbergs ›Mythos des 20. Jahrhunderts‹. Sie standen stets gleich gut erhalten, nagelneu, unabgenützt in den Bücherregalen. Im Laufe der Jahre stieg der Bestand der Bücher bis auf 13 811 eingereihte und rund 2000 ungebundene Werke an. (...) Ich selbst habe mich im Winter 1942/43, als in Block 42 des KL Buchenwald Nachtwachen eingerichtet werden mußten, weil aus den Spinden dauernd Brot gestohlen wurde, monatelang dazu gemeldet, morgens zwischen 3 und 6 Uhr allein im Tagesraum zu sitzen, um, wenn es herrlich ruhig dort war, die Zeit zu finden, die Schätze der Lagerbibliothek zu studieren. Welch ein Erlebnis, mit Platons ›Gastmahl‹ oder Galsworthys ›Swan Song‹ oder mit Heine, Klabund, Mehring unter einer abgeblendeten Lampe zu sitzen ...«
Ich dagegen habe, zwei Jahre später, im ruhigen Raum der *Arbeitsstatistik*, am Fuße des rotglühenden Krematoriumschornsteins, mit einem Roman von Faulkner, *Absalom! Absalom!*, einige recht glückliche Dezembernächte verbracht.

Ich habe den alten Walter verlassen, um meine Lektüre fortzusetzen.
In dem Moment, als Meiners hereinkam, fragte ich mich gerade, ob ich mit Walter nicht über das mich betreffende

Schreiben aus Berlin sprechen sollte. Seine Meinung interessierte mich. Außerdem konnte ich seiner Diskretion sicher sein: er würde mit niemandem darüber sprechen. Aber Meiners ist hereingekommen, ein Gespräch war nicht mehr möglich.
Hochgewachsen, wohlgenährt, strotzend vor Gesundheit, hatte Meiners die Allüren bestimmter deutscher Filmschauspieler aus den dreißiger Jahren, Figuren der UFA-Komödien. In der Art von Hans Albers zum Beispiel.
Eine Ähnlichkeit, die noch durch seine Kleidung hervorgehoben wurde, die in keiner Weise der der gewöhnlichen Deportierten glich, seien sie nun Kapos oder *Prominente*. Nur ein aufmerksamer Blick konnte auf seiner gut geschnittenen Sportjacke oder auf dem rechten Bein seiner grauen Flanellhose das sehr wenig vorschriftsmäßige Rechteck seiner Häftlingsnummer erkennen. Dasselbe galt für das Dreieck der nationalen Identität, das auf dem grauen Tweed um so weniger auffiel, als es nicht rot, eine grelle Farbe, sondern schwarz war.
Denn Meiners war, wie es im Verwaltungsjargon der Nazis hieß, ein »Asozialer«.
Nach mehreren Verurteilungen wegen Diebstahls, Betrugs oder Veruntreuung interniert, hatte Meiners zur Zeit, als der SS-Standartenführer Karl Koch Kommandant von Buchenwald war, eine wichtige Rolle im Lagerleben gespielt. Mit der Verwaltung der SS-Kantinen betraut, reiste er, obwohl Häftling, durch ganz Deutschland, um Einkäufe zu tätigen, wobei er gleichzeitig alle Arten von Handel trieb und sich bereicherte – er ließ Koch und andere SS-Offiziere von seinen illegalen Einkünften profitieren –, dank einem System von falschen Rechnungen und Schmiergeldern.

Aber Karl Koch – dessen Frau Ilse, wie man sich erinnern wird, die schönen Häftlinge liebte; sie entkleidete sie zuerst in ihrem Bett, um sich an ihnen zu ergötzen und gegebenenfalls ihre Tätowierungen zu betrachten, die sie dann, wenn der Häftling hingerichtet und die Haut entsprechend behandelt worden war, an sich nahm, um Lampenschirme daraus zu machen –, Koch also fiel den internen Kämpfen zum Opfer, die die Welt der SS-Totenkopfverbände, denen speziell die Überwachung der Konzentrationslager oblag, zerrütteten.
Kaltgestellt, während er ein Lager in Polen leitete, nach Weimar-Buchenwald zurückbeordert und hinter verschlossenen Türen wegen Korruption verurteilt, wurde Koch schließlich erschossen, wenige Tage vor der Befreiung des Lagers durch die amerikanische Armee.
Der komplizenhaften Unterstützung Kochs beraubt, wurde Meiners, das »schwarze Dreieck«, dennoch nicht allzu streng bestraft: ein Gauner kann immer nützlich sein. Zwar wurde er aus der Verwaltung der SS-Kantinen entlassen, dafür aber der *Arbeitsstatistik* zugeteilt, um Seifert zu bespitzeln, zu überwachen und zu versuchen, ihm Kontra zu bieten.
Aber Meiners fiel nicht ins Gewicht. Seifert gegenüber, dem Kriegsherrn in Buchenwald, fiel er wirklich nicht ins Gewicht. Innerhalb weniger Monate wurde Meiners, trotz dem äußeren Druck von Schwartz, dem SS-Verantwortlichen für den *Arbeitseinsatz*, von Seifert in eine blasse Statistenrolle gedrängt. Es hätte entschlossenerer, mutigerer, aber auch weniger fauler Männer bedurft, um die Macht des roten Kerns der *Arbeitsstatistik* zu untergraben.
In der Zeit, als ich dort arbeitete, von der Organisation der spanischen Kommunisten delegiert, besaß Meiners hier

keinerlei Autorität mehr, er wurde lediglich mit schäbigen kleinen Arbeiten betraut. Innerlich zweifellos höchst zufrieden, daß man ihm erlaubte, das zwar ruhmlose, aber bequeme Leben eines unverantwortlichen Privilegierten zu führen.

Wir haßten uns, Meiners und ich.

Freilich gedämpft: kein lautes Wort in unseren gelegentlichen Gesprächen, kein öffentlicher Zusammenstoß. Doch hätte einer von uns eine Möglichkeit gefunden, den anderen um die Ecke zu bringen, so hätten weder er noch ich eine Sekunde gezögert.

Die Gründe für meine Verachtung – meinen Haß, denn es war wirklich Haß: Hitze, Wut, Lebenswille – sind leicht zu erraten: hinter dem Anstrich banaler Biederkeit verkörperte Meiners all das, was ich verabscheute. Alles, was ich zerstören wollte, die Untugenden, die wir »bürgerlich« nannten, alles, wogegen ich kämpfte. In gewisser Weise war es fast eine Chance – jedenfalls tröstlich –, eine so vollkommene Inkarnation des Feindes bei der Hand, vor Augen zu haben. Natürlich vergaß ich nicht, daß in Anbetracht der Umstände die SS unser Hauptfeind war. Andererseits aber, so dachte ich, war sie lediglich die Prätorianergarde einer Ausbeutungsgesellschaft in der Krise. Die SS zu schlagen, ohne diese Gesellschaft zu verändern, erschien mir etwas kurz gegriffen. Alles in allem war ich einverstanden mit der Losung bestimmter illegaler Bewegungen des besetzten Frankreichs: »Von der Résistance zur Revolution«.

Meiners hat soeben das Hinterzimmer der *Arbeit* betreten. Sofort hören wir auf zu sprechen, Walter und ich.

Er schert sich nicht darum. Er ist an die Blasen des Schweigens gewöhnt, die sich in der *Arbeit* um ihn herum bilden. Er weiß genau, daß er von unserer kleinen militanten,

kosmopolitischen Gemeinschaft nicht viel aufmerksame Wärme erwarten kann.
Er pfeift die Melodie eines Liebeslieds von Zarah Leander, eines von denen, die der sonntags diensthabende SS-*Rapportführer* regelmäßig über die Lautsprecheranlage des Lagers sendet.
Natürlich ziehe ich Zarah Leanders dunkle Stimme dem schrillen Gepfeife von Meiners vor.
Dieser öffnet seinen Spind, zweifellos wird er sich einen kleinen Imbiß bereiten.
Am Ende des Tischs, an dem wir sitzen, Walter und ich, legt er sein Gedeck auf: kleines Tischtuch, Steingutteller, Messer und Gabel aus Silber. Darum herum verteilt er Weißbrotstücke, Wurst, eine Büchse Pastete …
Er schenkt sich einen großen Schoppen Bier ein.
Plötzlich, in dem Augenblick, da er beginnt, auf eine zuvor mit Margarine bestrichene Weißbrotscheibe eine dicke Schicht Pastete zu verteilen, hebt Meiners den Kopf und starrt mich an, das Auge groß und finster.
Bestimmt erinnert er sich, und das bereitet ihm Unbehagen.
Vor einigen Wochen, ebenfalls in der Nacht, hatten wir uns im Hinterzimmer der *Arbeit* schon einmal gegenübergesessen. Diesmal allein, unter vier Augen. Dieselbe Zeremonie lief ab: kleines besticktes Tischtuch auf dem rauhen Tisch, raffiniertes Gedeck, Ausbreitung appetitlicher Eßwaren.
Ich selbst trank einen Becher Kaffee. Ich hatte gerade gegrillte Kartoffelschalen gegessen. Ich beobachtete ihn, und mich packte die Lust, ihm seine Mahlzeit zu vergällen.
»Bist du bald fertig damit, Scheiße vor mir zu fressen?« habe ich ausgerufen. »Sie stinkt, deine Pastete!« Verdutzt hat er die Nase in seine Pastetenbüchse gesteckt, um daran

zu riechen. »Scheiße!« habe ich wiederholt. »Woraus besteht sie denn, deine Pastete? Aus Krematoriumsfleisch?« Und so weiter. Kurz und gut, Meiners ist es mit einemmal übel geworden, er hat seine Mahlzeit nicht beenden können, er ist aus dem Hinterzimmer der *Arbeit* geflüchtet.
Seit dieser Nacht haßt er mich.
Er haßte in mir den Fremden, den Kommunisten, den künftigen Sieger. Er haßte mich um so mehr, als er nicht die Möglichkeit hatte, mich zu verachten, weil ich der deutschen Sprache nicht mächtig war. Ich sprach sie besser als er. Jedenfalls war mein Wortschatz größer als der seine. Es kam im übrigen auch vor, daß ich, um ihn zu reizen, laut Gedichte aufsagte, von denen er nicht die geringste Ahnung hatte. Dann schlug sein Haß in rasende Wut um.
Meiners sieht mich an, erinnert sich zweifellos. Er platzt los.
Warum starre ich ihn so an, mit dieser angewiderten Miene? Seine Pastete sei ausgezeichnet, schreit er, seine Pastete stamme aus der SS-Kantine, es sei Pastete aus reinem Schweinefleisch. Es fehlt nicht viel und er würde schreien, seine Pastete sei *judenrein*. Es fehlt nicht viel und er würde uns sagen, seine Pastete sei hundertprozent arisch, sie sei Ausdruck der von den Ahnen überkommenen Schönheit der germanischen Rasse. Wer bin ich, um es zu wagen, seine arische Pastete zu kritisieren?
Er brüllt, während er alle Zutaten seines Imbisses wieder einpackt.
– Ich komme zurück, verkündet er, wenn es hier nur noch *Reichsdeutsche* gibt!
Ich mache ihn darauf aufmerksam, daß es in Buchenwald schwierig, um nicht zu sagen unmöglich sei, nicht mit Fremden zusammenzutreffen. Für irgend jemanden sei

man hier immer der Fremde. Es gebe nur einen einzigen Ort, wo man einzig von *Reichsdeutschen* umgeben sei, nämlich das Bordell. Ihr müßt ins Bordell gehen, sage ich zu ihm, um unter euch zu sein.

Walter bricht in Lachen aus, Meiners schlägt heftig die Metalltür seines Spinds zu.

Ich war in dem vervielfältigten Katalog der Lagerbücherei zufällig auf *Absalom! Absalom!* gestoßen. Zufällig, als ich in der Broschüre blätterte.
Mehrmals am Tag kam ich an der Tür der Bücherei vorbei. Denn diese befand sich in derselben Baracke wie die *Schreibstube* und die *Arbeitsstatistik*. Zwischen den beiden Büros, in der Mitte der Baracke. Die in der ersten Reihe der Gebäude am Rand des Appellplatzes lag, direkt neben dem mit einem hohen Holzzaun umgebenen Krematorium.
Um für eine bevorstehende Woche Nachtarbeit vorzusorgen, hatte ich den Katalog durchgesehen. Ich war zufällig auf Faulkner gestoßen, als ich die Broschüre durchblätterte. Ich weiß nicht mehr, was ich darin suchte, wahrscheinlich nichts Bestimmtes. Ich blätterte, das war alles. Unter dem Buchstaben H waren haufenweise Exemplare von Adolf Hitlers *Mein Kampf* aufgeführt.
Was nicht verwundern konnte: als im Jahre 1937 das Lager Weimar-Buchenwald errichtet wurde, sollte es nach Bekunden der Naziführer das Musterbeispiel eines Umschulungslagers werden. Und zu diesem Zweck, der *Umschulung* der antifaschistischen Kämpfer und Kader, die auf dem Ettersberg interniert waren, wurde die Lagerbücherei mit einer Sammlung von Nazibüchern bestückt.
Aber das Ziel, die politischen Gegner des Naziregimes umzuschulen, wurde bald aufgegeben. Das Lager wurde zu dem, was es seitdem immer gewesen war: ein Straflager, ein Lager der Vernichtung durch Zwangsarbeit. Einer indirekten Vernichtung, wenn man so will, insofern es in Buchenwald keine Gaskammern gab. Also keine systematische Selektion der Jüngsten, Schwächsten, Mittellosesten im Hinblick auf einen sofortigen Tod. Die deportierten, gna-

denlos zur Fronarbeit getriebenen, ausgehungerten, geprügelten Arbeitskräfte wurden jedoch in ihrer Mehrheit in ein Rüstungssystem integriert, dessen Ausstoß nicht gleich Null sein durfte. Arbeitskräfte also, die nicht einfach ausgerottet werden konnten, vor allem nicht von dem Moment an, wo sie, als der Raum der Naziherrschaft in Europa schrumpfte wie ein Chagrinleder, sich nicht mehr beliebig erneuern ließen.

Also *Absalom! Absalom!* von William Faulkner.

Auf deutsch natürlich. In der Übersetzung von Hermann Stresau, die 1938 bei Rowohlt erschienen war. Im März dieses Jahres, um ganz genau zu sein, in einer Auflage von viertausend Exemplaren.

Aber nicht in Buchenwald habe ich diese Details erfahren und noch weniger behalten. Ich hatte den Roman in einer Woche der Nachtschicht im Dezember 1944 gelesen. In der Ferne tobte die Ardennenschlacht, deren Ausgang uns nicht gleichgültig sein konnte. Doch hatte ich weder auf den Namen des Übersetzers noch auf die Auflagenzahl von 1938 geachtet, dem Jahr der Kapitulation von München und der Kristallnacht, die eine ihrer Folgen gewesen war.

Ich hatte ganze Passagen des Romans behalten, Sätze, die ich mir wie Beschwörungen ständig wiederholte. Auf deutsch natürlich. Denn *Absalom! Absalom!* habe ich zum ersten Mal auf deutsch gelesen.

»Und Sie sind –? Henry Sutpen. Und Sie sind hier –? Vier Jahre. Und Sie kehrten zurück –? Um zu sterben. Ja. Zu sterben –? Ja. Zu sterben. Und Sie sind hier –? Vier Jahre. Und Sie sind –? Henry Sutpen.«

Ja, an jenem Dezembertag, jenem Sonntag, während Kaminsky einen passenden Toten suchte, dessen Stelle ich würde einnehmen können, das heißt einen Toten, der mit seinem richtigen Namen, aber in meinem Körper, vielleicht auch in meiner Seele weiterleben würde, während Kaminsky den Toten gefunden zu haben schien, den ich brauchte, um weiterzuleben, für den Fall, daß das Schreiben aus Berlin tatsächlich beunruhigend war – und ich hatte Glück, wieder einmal, es war unerhört, ein junger Mann meines Alters, bis auf ein paar Wochen, überdies Student, und Pariser! ein unerhörtes Glück, nicht wahr? –, während Kaminsky frohlockte, den seiner Meinung nach passenden Toten, der im übrigen nur ein Sterbender war, gefunden zu haben, was mir zu schaffen machte, während dieser Zeit sagte ich die beschwörenden Sätze von Faulkner vor mich hin, die am Ende des Romans stehen, als Rosa Coldfield und Quentin Compson Henry Sutpen entdekken, der sich im Familienhaus versteckt hatte, in das er zurückgekehrt war, um zu sterben.

Zwei Jahre zuvor – ein ganzes Leben: mehrere Tode zuvor – hatte mir ein junges Mädchen einen Roman von Faulkner zu lesen gegeben, *Sartoris*.
Er hatte mein Leben verändert. Ich meine, mein erträumtes, noch recht unwahrscheinliches Leben als Schriftsteller.
Eine sehr junge Frau hatte mich William Faulkner entdekken lassen.
Es war im kargen, brüderlichen Paris der Besatzung, in einem Café in Saint-Germain-des-Prés. Es ist schon vorgekommen, daß ich das Phantom dieser jungen Frau mit den blauen Augen heraufbeschworen habe... Plötzlich bedauere ich, daß ich hier nicht die Sprache wechseln kann, um auf spanisch von ihr zu erzählen: es wäre so viel besser, sie auf spanisch heraufzubeschwören oder die beiden Sprachen wenigstens zu mischen, ohne deshalb den Leser in die Irre zu führen!

Zwar hat man das Recht, einen Leser aufzuschrecken, ihn zu überrumpeln, ihn zum Nachdenken oder in seinem tiefsten Innern zu einer Reaktion zu veranlassen; man kann ihn natürlich auch kaltlassen, an ihm vorbeigehen, ihn verfehlen oder ihm fehlen. Niemals aber darf man ihn in die Irre führen, dazu hat man kein Recht; niemals darf es geschehen, daß er nicht mehr weiß, woran er ist, auf welchem Weg, auch wenn er nicht weiß, wohin dieser Weg ihn führt.

Wie dem auch sei, ich bräuchte zweisprachige Leser, die von einer Sprache in die andere wechseln könnten, vom Französischen ins Spanische und umgekehrt, nicht nur mühelos, sondern mit Vergnügen, mit Freude an den Orten und den Spielen der Sprache!

Kurzum, wenn ich die Erinnerung an diese junge Frau auf spanisch heraufbeschwören könnte, dann würde ich sagen, daß sie »Phantom hatte«, *tenía duende*, daß sie »Engel hatte«, *tenía angel*. Kennen Sie eine andere Sprache, in der man, um den Zauber einer Frau zu schildern, sagt, sie habe Engel oder Phantom? Im übrigen habe ich in anderen Erzählungen dieser jungen Frau ihren richtigen Vornamen gegeben, manchmal habe ich sie unter romanhaften Vornamen verborgen: alles war zulässig, alles war gut, Aufrichtigkeit, narrative List, Vorwand oder Schriftstellerlaune, sofern sie nur zwischen den Zeilen des Gedächtnisses auftauchte, im Pochen des erregten Bluts.

Aber natürlich habe ich nicht in Buchenwald den Namen des Übersetzers von *Absalom! Absalom!* behalten, auch nicht bemerkt, daß die erste Auflage der deutschen Übersetzung vom März 1938 viertausend Exemplare betragen hatte.

Erst in München, bei Hans Magnus Enzensberger, hatte ich diese Einzelheiten erfahren. Über fünfzig Jahre danach, 1999, am Ende eines Jahrhunderts voll von Schall und Wahn, aber auch von Rosen und Wein.

Ich war in München aus Anlaß eines Kolloquiums, eines Vortrags oder etwas dieser Art. Jedenfalls war schönes Wetter: wahrscheinlich Mai oder Juni. Ich hatte an jenem Tag mit Hans Magnus zu Mittag gegessen. Zur Kaffeestunde waren wir bei ihm zu Hause. Vielmehr in seiner Arbeitsstätte: einer hellen Wohnung mit klaren Räumen voller Bücher, geschmückt mit einigen wenigen kostbaren Gegenständen. Sehr wenigen, sehr kostbaren. Darunter zwei oder drei kleine flämische, geheimnisvoll in Patinier-Blau leuchtende Bilder.

Am Abend hatte ich eine *Lesung*, eine sonderbare und sehr angenehme deutsche Gepflogenheit. Leute zahlen Eintritt, füllen ein ganzes Theater, um einen Schriftsteller Auszüge aus seinem Werk lesen zu hören. Ich las natürlich auf deutsch, brauchte also keinen Übersetzer.

Für jenen Abend hatte ich eine Art Collage oder Montage vorbereitet, mit Teilen aus meinen drei Berichten über die Erfahrung in Buchenwald, miteinander verbunden durch die endlose, stärkende, traurige Arbeit der Anamnese.

Als ich in den Regalen stöberte, habe ich plötzlich die kartonierten gelben Bände der bei Rowohlt erschienenen Werke von Faulkner entdeckt.

Ich werfe immer einen Blick auf die Bibliothek der Menschen, bei denen ich eingeladen bin. Anscheinend bin ich manchmal zu freimütig, zu beharrlich oder inquisitorisch, man hat es mir vorgeworfen. Aber Bibliotheken sind erregend, weil aufschlußreich. Ebenso das Fehlen einer Bibliothek, das Fehlen von Büchern in einem Lebensraum, der dadurch tödlich wird.

Ich betrachtete also Enzensbergers Bibliothek, die im übrigen sehr gut geordnet war. Nach Sachgebieten, und innerhalb eines jeden Gebiets alphabetisch.
Plötzlich die Romane von William Faulkner. Ich habe den Band *Absalom! Absalom!* in die Hand genommen, mit klopfendem Herzen.
Während ich in dem Buch blätterte auf der Suche nach den beschwörenden Sätzen am Ende, die mir im Gedächtnis geblieben waren, vor einem halben Jahrhundert, in einer Dezembernacht in Buchenwald (»*Und Sie sind? Henry Sutpen. Und Sie sind hier? Vier Jahre. Und Sie kehrten zurück? Um zu sterben. Ja.*«), während ich also diese Sätze suchte, erzählte ich Hans Magnus die Geschichte dieses Romans von Faulkner, den ich in einem so fernen Winter in Buchenwald gelesen hatte.
Nachdem ich dann festgestellt hatte, daß ich genau diese Übersetzung in Händen gehabt hatte, die von 1938, von Hermann Stresau – es gab keine andere –, nachdem ich bemerkt hatte, daß 1948 eine zweite Ausgabe von viertausend Exemplaren und 1956 eine dritte in der gleichen Auflage erschienen war, also insgesamt zwölftausend Exemplare, da hat mir Hans Magnus Enzensberger sein Exemplar von *Absalom! Absalom!* zum Geschenk gemacht.
Ich habe es immer in Reichweite, für alle Fälle.
Zur Erinnerung an Enzensberger und unsere gemeinsamen Erinnerungen. Mehr als drei Jahrzehnte gemeinsamer Erinnerungen, seit Kuba im Jahre 1968, als wir zusammen der Gründung der kommunistischen Partei leninistischen Typs durch Fidel Castro beigewohnt hatten, deren er bedurfte, um eine demokratische Revolution – die beim Sturz des Diktators Batista sehr gut ohne diese Art Partei ausgekommen war – in ein System des realen Sozialismus zu verwandeln.

Zur Erinnerung an die Lektüre Faulkners, einst in Buchenwald, an jene Dezembernächte im Jahr 1944, in denen die amerikanischen Soldaten in Bastogne keinen Fußbreit zurückwichen, obgleich sie keine Fanatiker waren.

– Um sechs Uhr im *Revier*! hatte Kaminsky gesagt.
Es war fast soweit: Viertel nach fünf. Es wurde dunkel, die Laternen waren eingeschaltet. Der Schnee schimmerte unter dem kreisenden Lichtkegel der Scheinwerfer, die das Lagergelände zu erkunden begannen.
Bald werde ich wissen, welcher Tote gegebenenfalls in mir wohnen wird, um mir das Leben zu retten.
Sarkastisch hatte Kaminsky hinzugefügt: »Mach bis dahin, was du gewöhnlich am Sonntag tust, amüsiere dich mit deinem Professor und deinen Muselmännern!«
Überflüssiger Rat. Ich würde tatsächlich Maurice Halbwachs aufsuchen und ein weiteres Mal versuchen, meinen jungen französischen Muselmann in der Baracke der Gemeinschaftslatrinen zu finden.
Zuvor war ich in Block 40 zurückgekehrt, ich hatte dort eine Verabredung mit Landsleuten.

Das ist ein Wort, das in den letzten Jahren in meiner Alltagssprache außer Gebrauch gekommen war. *Compatriotes*, Landsleute? Aus welchem Vaterland, Herrgott? Seit mehr als vierzig Jahren, seit ich 1939 auf dem Boulevard Saint-Michel in Paris beschlossen hatte, daß mich nie wieder irgend jemand meines Akzents wegen als Ausländer identifizieren sollte, und seit es mir gelungen war, hatten sich meine Muttersprache, meine Bezüge zu den Orten des Ursprungs – also zur radikal ursprünglichen Kindheit – verwischt, mitgerissen vom Mahlstrom der Verdrängung und des Ungesagten.
Manchmal sagte ich – aber wohl nur, um mich zu beruhigen oder diejenigen zu beruhigen, an die ich mich wandte, und mir damit allzu lange müßige Erklärungen zu erspa-

ren –, daß für mich die französische Sprache das einzige sei, das so etwas wie einem Vaterland gliche. Also weder das Gesetz des Bodens noch das Gesetz des Bluts, sondern das Gesetz des Wunsches erwies sich in meinem Fall als entscheidend. Ich wünschte wirklich, diese Sprache zu besitzen, ihren Reizen zu erliegen, aber auch, sie zu schänden, ihr Gewalt anzutun. Die Sprache von Gide und Giraudoux, Baudelaire und Rimbaud, doch zugleich, vielleicht vor allem, im tiefsten Innern, die Sprache von Racine: absolute Vollkommenheit des Gleichgewichts zwischen transparenter Meisterschaft und verschleierter Gewalt.

Zwar hatte ich darob das Spanische nicht vergessen. Es war da, anwesend-abwesend, in einer Art Koma, virtueller Existenz, des Gebrauchs- und Tauschwerts beraubt.

Dennoch könnte ich, sollte es lebensnotwendig sein, darauf zurückgreifen, so scheint mir.

Ein einziger, innerer, geheimnisvoller Faden verband die Sprache meiner Kindheit noch mit meinem wirklichen Leben, der Faden der Poesie. Wäre ich gläubig gewesen, so wäre gewiß auch der Faden des Gebets bestehen geblieben. Dann wäre es zum Beispiel undenkbar gewesen, daß ich das *Vaterunser* auf französisch aufgesagt hätte. Aber ich war nicht gläubig. Das war also abgehakt.

Der Faden der Poesie und, wie ich meine, der Faden der Zahlen und Berechnungen. Auch eine Sache aus der Kindheit, so wie die Abzählreime. Immer mußte ich mir, und sei es mit leiser Stimme, Zahlen auf spanisch wiederholen, um sie mir merken, im Gedächtnis speichern zu können. Straßen- oder Telefonnummern, Daten von Treffen oder Geburtstagen: ich mußte sie mir auf spanisch wiederholen, um sie mir einprägen zu können.

Und so wird das Spanische immer die Sprache meines illegalen Lebens gewesen sein.

Vor allem aber hat die Poesie, im Hintergrund, auf einer tiefen Ebene absoluter Gnade und Zweckfreiheit die Beziehung zu meiner Muttersprache in mir lebendig erhalten. In den ersten Jahren des Exils und der Besatzung hatte ich meine Kenntnis, meine innere Erfahrung der spanischen Dichtung sogar erweitert. Mit Luis Cernuda, César Vallejo zum Beispiel, Dichtern, die mir bis dahin überhaupt nicht bekannt oder nur schlecht bekannt waren, eher vom Hörensagen als durch eigene Lektüre.
In Buchenwald hat die Situation sich plötzlich radikal verändert.
Von neuem lebte ich in einer spanischen Sprachgemeinschaft, in der Vielfalt der Dialekte, der Musik, des Wortschatzes der verschiedenen Regionen Spaniens und des Spanischen. Ich fand die alten Wörter für Kälte, Hunger, Endlichkeit wieder. Für Brüderlichkeit, Hoffnung, Dankbarkeit.
So fand ich in Buchenwald, am fernsten Ort des Exils, an den Grenzen des Nichts – *östlich des Vergessens* würde ich auf deutsch sagen, damit das Thema eines berühmten Gedichts von Paul Celan plagiierend –, auf dem tiefsten Grunde der Entwurzelung gewissermaßen, meine Bezugspunkte und meine Wurzeln wieder, um so lebendiger, als alles auf die Zukunft ausgerichtet war: die Wörter der Kindheit waren nicht nur Wiederentdeckung einer verlorenen, zumindest vom Leben im Exil verblaßten Identität, einem Leben, das sie andererseits bereicherte, sie eröffneten auch eine Perspektive, luden ein zum Abenteuer der Zukunft. Jedenfalls hat in Buchenwald, unter den spanischen Kommunisten von Buchenwald, jene Idee meiner selbst Gestalt angenommen, die mich später in die antifrankistische Illegalität führte.
Landsleute also, die Spanier, mit denen ich eine Verabre-

dung hatte. Von neuem mit ihnen verbunden durch ein starkes Gefühl der Zugehörigkeit.

¡Ay que la muerte me espera
antes de llegar a Córdoba!
Córdoba
lejana y sola.

Ich erkannte die Stimme von Sebastián Manglano, dem Kumpel meiner Bettstatt.
Es ist wichtig, sogar lebenswichtig, mit einem wahrhaften Kumpel den Raum der Bettstatt zu teilen, der ursprünglich, knausrig genug, für nur einen Deportierten vorgesehen war.

Aunque sepa los caminos
yo nunca llegaré a Córdoba...

Im Tagesraum des linken Flügels, des Flügels C im ersten Stock des Zementbaus von Block 40, fand gerade, als ich eintraf, eine Probe des Schauspiels statt, das wir vorbereiteten. Eines andalusischen, ich wage nicht zu sagen Flamenco-Stücks, denn unter uns gab es niemanden, der den *cante hondo* wirklich beherrschte. Die improvisierten Komödianten versuchten gerade, ihre Texte zu lernen.
Die Stimme von Sebastián war klangvoll, tief und klar. Gewiß, sein Vortrag war nicht vollkommen. Es gelang ihm beispielsweise nicht, die gedämpfte, schmerzliche Reinheit des im poetischen Text immer wiederkehrenden Vokals *a* ganz auszuschöpfen. Aber man darf nicht zuviel von ihm verlangen: er ist Metallarbeiter, kein Berufsschauspieler. Dennoch hat er, als ganz junger Kämpfer im 5. Korps der republikanischen Armee an der Ebro-Front, zu einer Agitprop-Theatergruppe gehört.

Jedenfalls gelang es Manglano, als er Lorcas Verse rezitierte, den kastilischen, dieser herrischen Sprache so natürlichen Bombast, ihren triumphierenden Klang zu vermeiden, den zu modulieren, zu beherrschen man fähig sein muß. Bisweilen meine ich, daß sich das Kastilische, sich selbst, den Tropismen der ihm innewohnenden Rhetorik überlassen, für die Sprache des Gottes aller Kreuzzüge hält!

Aber Sebastián Manglano rezitierte Lorca mit Natürlichkeit, ohne Emphase. *¡Ay que la muerte me espera, antes de llegar a Córdoba!* Man könnte diese traurige Klage hervorheben, ihr zuviel Bedeutung beimessen. Aber mein Bettgenosse spricht in einfachem, direktem Ton. »Ach, mich erwartet der Tod, eh ich nach Córdoba komme«, oder so ähnlich.

Jedenfalls kann ich zufrieden sein. Unsere improvisierten Komödianten haben ihre Texte und Couplets gelernt.

Zu den Aufgaben, die mir die illegale Organisation der spanischen KP in Buchenwald zugewiesen hatte, gehörte auch diejenige, die man mit einem heutigen, ziemlich törichten, vielleicht sogar lächerlichen Terminus bezeichnen könnte: Kulturanimateur.

Eine Aufgabe, die nicht eben einfach war. Es war praktisch unmöglich, an bestimmten Abenden zwischen dem Ende des Appells und der Sperrstunde Vorträge oder Plaudereien zu organisieren. Oder Sonntag nachmittags. Wir hatten weder Plauderer noch Redner.

Die im übrigen nicht sehr zahlreiche spanische Gemeinde von Buchenwald war nämlich ein getreues Spiegelbild der sozialen Zusammensetzung des roten Exils in Frankreich: sehr wenige Intellektuelle und Freiberufler, eine große Mehrheit von Prolos.

Nicht, daß ich mich in irgendeiner Weise darüber beklagt hätte. In den verschiedenen Illegalitäten meines langen illegalen Lebens habe ich den Umgang mit den Prolos, den militanten Arbeitern, immer geschätzt. Und ich glaube, im nachhinein ohne Selbsttäuschung und Prahlerei sagen zu können, daß die militanten Arbeiter auch mich geschätzt haben.

Aus dieser Kategorie von Militanten, mit denen ich mit Interesse und Gewinn verkehrte – wobei ich allen Reichtum und alle Geheimnisse der Brüderlichkeit kennenlernte –, schließe ich die Führer der spanischen KP aus. Zumindest die überwältigende Mehrheit von ihnen, von wenigen Ausnahmen abgesehen. Nicht, daß sie nicht aus Arbeiterkreisen stammten. Das taten sie, und wie! Sie bildeten sich viel darauf ein, leiteten daraus das ideologische Herrenrecht und den Anspruch auf Unfehlbarkeit ab. Ihre ursprüngliche Zugehörigkeit zu dieser Klasse war bei ihnen zur Doktrin der allein seligmachenden Arbeiterklasse verkommen, zu einem Gefühl ontologischer Überlegenheit gegenüber den militanten Intellektuellen. Um nicht zu sagen den gewöhnlichen Sterblichen.

Wie dem auch sei, es gab in Buchenwald keine Intellektuellen in der Organisation der spanischen Kommunisten. Unmöglich also, Vorträge oder Plaudereien zu organisieren.

Es blieb mir nur die Poesie.

Daher verbrachte ich in der *Arbeitsstatistik* nachts – oder auch tagsüber, wenn nicht allzuviel zu tun war – viele Stunden damit, die spanischen Gedichte aufzuschreiben, an die ich mich erinnerte. Ich hatte damals ein ausgezeichnetes Gedächtnis, ich konnte Hunderte von Versen aller Art und der verschiedensten Dichter aufsagen, Sonette von Garcilaso oder Quevedo, vor allem aber Verse von Lorca, Alberti, Machado, Miguel Hernández. Und vieler anderer.

Mit diesen wiederhergestellten, vervielfältigen, gemeinsam gelesenen und von den Begabtesten auswendig gelernten poetischen Texten hatten wir zwei oder drei Darbietungen vorbereitet. Die nächste sollte andalusisch sein. Ich wage nicht Flamenco zu sagen, ich wiederhole es, die Puristen würden es mir verübeln.
Doch auch wenn es unmöglich war, den *cante hondo* einzufügen, so gelang es uns doch dank den Texten von Lorca, dank einigen im Gedächtnis des einen oder anderen wiedergefundenen Volksliedern die andalusische Verzweiflung spürbar zu machen, die von der Zivilgarde verbreitete Angst unter den Zigeunern und landlosen Bauern.

¡Oh pena de los gitanos!
Pena limpia y siempre sola.
¡Oh pena de cauce oculto
y madrugada remota!

Ja: ich war in das Land, die Landschaft, das Wort meiner Kindheit zurückgekehrt.

– Mach, was du gewöhnlich am Sonntag tust, hatte Kaminsky sarkastisch gesagt, amüsiere dich mit deinem Professor und deinen Muselmännern!
Ich hatte soeben den Block 56 verlassen, in dem Maurice Halbwachs vermoderte.
An jenem Tag hatte ich mir für meinen wöchentlichen Besuch vorgenommen, sein Interesse zu wecken, ihn zumindest von der langsam fortschreitenden Fäulnis seines eigenen Todes abzulenken, indem ich ihn an seinen Essay *Les cadres sociaux de la mémoire* erinnerte, den ich zwei Jahre zuvor gelesen hatte, als ich seine Vorlesungen an der Sorbonne hörte.

Diese Idee war mir am Morgen gekommen, in dem Augenblick, als Kaminsky und Nieto meinen Traum unterbrochen hatten – war es nicht eher das Gegenteil? hatten nicht Kaminskys wiederholte Faustschläge auf den Pfosten des Bettgestells verstreute, disparate Erinnerungsbilder zu einem kohärenten Traum kristallisiert, zu Hammerschlägen auf einen Sarg (und ich wußte, daß es der Sarg meiner Mutter war, den man zunagelte, auch wenn mir gleichzeitig im Traum meine innere Stimme sagte, daß der Sarg meiner Mutter nicht in meiner Gegenwart, vor meinen Augen zugenagelt worden war; ausgeschlossen überdies, daß es in der Meereslandschaft stattgefunden hatte, die mich während dieses von Kaminskys Schlägen ausgelösten Traums umgab, sondern natürlich außerhalb meines Blicks in der Familienwohnung in der Calle Alfonso XI in Madrid), hatten nicht vielmehr Kaminskys Faustschläge auf den Pfosten des Bettgestells einen Traum entstehen lassen und zugleich unterbrochen, ihm eine Form gegeben, an die ich mich würde erinnern können?
Jedenfalls hatte ich, noch bevor Kaminsky mich aufforderte, mich anzuziehen (sie müßten mit mir sprechen), Zeit gehabt, daran zu denken, daß ich später Halbwachs befragen würde. Der ganze Anfang seines Buchs bezieht sich auf diese Art von Fragen: den Traum, die Erinnerungsbilder, die Sprache und das Gedächtnis.
Aber an jenem Tag war Maurice Halbwachs nicht in der Lage, auf meine Fragen zu reagieren, an einem Gespräch teilzunehmen. Es war Ende Dezember 1944, er würde erst Wochen später sterben, Mitte März 1945, aber er war bereits in eine schläfrige, ataraktische Reglosigkeit gesunken.
Er erwachte nur zweimal, flüchtig.
Das erste Mal, als er meiner Anwesenheit neben sich ge-

wahr wurde, an der Pritsche stehend, auf der er neben Henri Maspero döste. Er zuckte mit den Augenlidern, der Anflug eines Lächelns glitt über sein wächsernes Gesicht. »Potlatsch!« sagte er schwach. Es war ein Losungswort, ein Sammelruf, eine Kampfansage an den Tod, das Vergessen, das Dahinschwinden der Welt. Als ich ihn zum erstenmal in Buchenwald gesehen hatte, im Herbst, hatte ich ihn an seine Vorlesung über den Potlatsch erinnert. Und es hatte ihn sehr belustigt, die Sorbonne, das Jahr 1942, seine Vorlesungen über die Ökonomie des Potlatsch wachzurufen.

Heute, als Sterbender, wollte er, als er mich mit dem Wort »Potlatsch« begrüßte, fast unhörbar, aber sicherlich mit aller Kraft geschrien, nicht nur kundtun, daß er mich erkannt hatte, sondern auch mit einem einzigen Wort sein ganzes vorheriges Leben in Erinnerung rufen, die Welt draußen, die Realität seines Berufs als Soziologe.

Ein wenig später, als wir, um ihn geschart, sprachen, indes er mit geschlossenen Augen im Begriff schien, seinem elenden Körper zu entweichen, hatte Halbwachs plötzlich unsere Gesichter angeschaut, wahrscheinlich diejenigen suchend, die ihm vertraut waren, um eine entscheidende Frage zu stellen.

– Bastogne? hatte er gefragt.

Alle gleichzeitig sprechend, in einer Art von uneinigem, aber brüderlichem Chor hatten wir ihm gesagt, daß in Bastogne die Amerikaner standhielten, ohne einen Fußbreit zurückzuweichen.

»Potlatsch« und »Bastogne«: zwei Wörter, ins Leere gesprochen, hatten genügt, daß Halbwachs, gegen den Tod, der ihn verschlang, gegen das Nichts, das schon von ihm Besitz ergriff, seine Zugehörigkeit zum Leben und zur Welt bekräftigte.

– Um sechs Uhr im *Revier*! hatte Kaminsky gesagt.
Nur noch eine halbe Stunde des Wartens.

Ich hatte den Block 56 zusammen mit Lenoir und Otto verlassen, die seit einigen Wochen zum sonntäglichen Kreis um Maurice Halbwachs gehörten. Es war nämlich, ich weiß nicht wie, unter den Intellektuellen von Buchenwald das Gerücht umgegangen: im Block 56 gibt es sonntags einen Kreis, um einen Professor der Sorbonne, es wird diskutiert. Ständig sah man dort neue Gesichter.

An jenem Sonntag jedenfalls, vielleicht meinem letzten Sonntag unter meinem richtigen Namen, hatte ich dort Lenoir angetroffen. Oder Lebrun? Jedenfalls war es nicht sein richtiger Name. Er war ein österreichischer Jude, der weder Lenoir noch Lebrun hieß. Der Kirschner hieß, Felix Kirschner, wenn ich mich recht erinnere. Auf jeden Fall Felix, da bin ich sicher. Das übrige ist weniger sicher. In Frankreich mit falschen Papieren auf den Namen Lenoir oder Lebrun verhaftet – bestimmt dem einen oder dem anderen: es war weder Leblanc noch Leroux, noch Legris; die Farbe seines Namens war entweder schwarz oder braun –, hatte ihn die Gestapo unter diesem Namen deportiert, nicht ahnend, daß sich hinter diesem banalen französischen Nachnamen ein Jude aus Wien verbarg.

Wie dem auch sei, Lenoir oder Lebrun – ich bin außerstande, es zu entscheiden – tauchte im Herbst 1944 in der *Arbeitsstatistik* auf.

Ich habe nie erfahren, ob er auf politischem Weg rekrutiert worden war. Sollte das der Fall gewesen sein, so wußte ich nicht, welche kommunistische Partei er vertrat: die französische oder die österreichische? Aber vielleicht war er ganz einfach wegen seiner beruflichen Qualifikation rekrutiert worden, denn er sprach nahezu alle europäischen Sprachen. Zumindest alle Sprachen der Länder, die dem SS-Reich ihr Kontingent an Deportierten lieferten.

Jedenfalls war Lenoir – Kopf oder Adler: ich habe mich für Lenoir entschieden! – ein redegewandter, kultivierter Mann. Er schien großes Vergnügen am Gespräch zu finden, ganz gleich, welches Thema erörtert wurde, und er konnte die verschiedenartigsten Themen erörtern.

Was mich angeht, so hatte ich ihm viele Fragen zu stellen, wenn wir uns in der Mittagspause oder am Abend während des Appells trafen.

Einige Jahre zuvor hatte ich nämlich in der Rue Blaise-Desgoffe bei Edouard-Auguste F. (habe ich diese Persönlichkeit, ihre herrliche Bibliothek nicht irgendwo schon einmal erwähnt?) *Der Mann ohne Eigenschaften* von Robert Musil gelesen. Außerdem schien seit 1934 – dem Jahr, in dem in beiden Ländern die Arbeitermilizen von reaktionären Regierungen der katholischen Rechten zerschlagen worden waren, die damit dem Faschismus den Weg bereiteten – ein vergleichbares, eher düsteres historisches Schicksal über Österreich und Spanien hereinzubrechen.

Ich war also begierig, diesen Wiener Akademiker zu hören, Bürger einer Republik, die, vom perversen Erbe des ehemaligen Kakanien Musils geschwächt, dann von Hitler nicht nur widerstandslos, sondern sogar in der masochistischen Begeisterung eines großen Teils der Österreicher von der Landkarte getilgt worden war, im Jahre 1938, dem Jahr aller Niederlagen.

Schon bei unserem ersten Gespräch stellte sich heraus, daß ich meine Zeit nicht vergeudete, wenn ich seinen Berichten über sein Land lauschte.

Es war nämlich von einem Vortrag Edmund Husserls die Rede – von nichts Geringerem! –, dem er beigewohnt hatte

(er, Lenoir, das heißt Kirschner, aber mir kommen Zweifel, war es nicht eher Kreischler?) und dessen Inhalt er mir zusammenfaßte.
1935 – der Vortrag fand im Mai statt – war Edmund Husserl bereits aus der deutschen Universität verbannt worden, betonte Lenoir, weil er Jude war, und Martin Heidegger hatte bereits die Widmung in der ersten Ausgabe von *Sein und Zeit* zurückgezogen. Eine Widmung von 1926, die Heidegger nach 1933 wohl nicht mehr für opportun und angemessen hielt, vor allem da sie so verdächtige Gefühle wie *Verehrung* und *Freundschaft* zum Ausdruck brachte, die ein Jude wie Husserl in keinem Fall öffentlich verdienen konnte!
Noch heute, fünfundsechzig Jahre später, in unserer Zeit des Aufbaus Europas, kann man den Text des Vortrags mit Gewinn lesen, den Husserl – Lenoir glaubte sich daran zu erinnern – auch in Prag gehalten hatte, einige Monate nach Wien.
Was Lenoir mir nicht sagen konnte, weil er es nicht wußte oder nicht behalten hatte, falls er es damals gewußt haben sollte, war, daß der junge Philosoph, der Edmund Husserls Reise nach Prag organisiert hatte, Jan Patočka hieß.
Sehr viel später, mehrere Jahrzehnte später, zum Wortführer der Charta 77 geworden, starb Jan Patočka in Prag an Herzversagen, nach einem Verhör der Polizei des kommunistischen Regimes. Einem zweifellos mit zuviel Muskelkraft geführten, zu weit getriebenen Verhör. Am Tag der Beerdigung dieses großen, skandalöserweise in Frankreich verkannten Philosophen sollte die tschechische politische Polizei die Schließung aller Prager Blumenläden anordnen, um die Flut von Sträußen einzudämmen, die die treuen Hände freier Frauen und Männer auf Patočkas Grab legen würden.

Aber 1944, in Buchenwald, konnte mir Lenoir nichts über Jan Patočka erzählen.
Ich dagegen konnte ihm erzählen, daß ich dank Husserl – wenigstens zum Teil, ein kleines persönliches Verdienst kann ich mir nicht absprechen – bei der allgemeinen Prüfung von 1941 den zweiten Philosophiepreis bekommen hatte.
Dank Husserl und Emmanuel Levinas, der mich auf ihn aufmerksam gemacht hatte.
Während des Jahres 1941, als ich in der Philosophieklasse war, war ich in der Bibliothek Sainte-Geneviève auf einen Artikel von Levinas in der *Revue philosophique* gestoßen, eine Art Einführung in die Lektüre von Husserl und Heidegger, in die phänomenologische Theorie, von der im Unterricht unseres Professors im Gymnasium Henri IV nie die Rede war, eines gewissen Bertrand, eines zwar ausgezeichneten Pädagogen, aber miserablen Theoretikers, voll idealistischer Ehrerbietung gegenüber der gut französischen Tradition Victor Cousins – sicher verstehen Sie, was ich meine!
Immerhin konnte mir Bertrand die leidenschaftliche Liebe zur Philosophie vermitteln, zu den Philosophien im allgemeinen, außer der seinen, die völlig haltlos war.
Es war die Zeit, in der Le Senne und Lavelle die philosophischen Galionsfiguren der Universität waren. Jean-Paul Sartre war für uns vorerst nur der Verfasser des Romans *La nausée*, und der grundlegende Essay von Merleau-Ponty, *La structure du comportement*, war noch nicht erschienen.
Dank Emmanuel Levinas entdeckte ich also Husserl und Heidegger, im Laufe des Winters 1940/41. Ich las alles, was von diesen Autoren zugänglich war, und alles, was man über sie geschrieben hatte: wenig! Immerhin gab es *Sein und Zeit*, das ich in jenem Winter las, nachdem ich es nach

langem Zögern erworben hatte, weil ich dazu die deutsche Buchhandlung auf dem Boulevard Saint-Michel betreten mußte, die niemals aufzusuchen ich mir geschworen hatte.
So daß ich, als ich mich am 13. Mai in einem Saal der Prüfungszentrale in der Rue de l'Abbé-de-l'Épée für die Philosophiearbeit des allgemeinen Hochschulwettbewerbs niederließ und das Thema zur Kenntnis nahm, dessen genauer Wortlaut mir zwar entfallen ist, das jedoch die Probleme der intuitiven Erkenntnis betraf, auf all das zurückgreifen konnte, was ich bei Husserl darüber gelernt hatte.
Bertrand, mein Professor, war hin und her gerissen: glücklich, einen seiner Schüler durch einen Preis ausgezeichnet zu sehen; verdrossen, feststellen zu müssen, daß ich meine Reflexion auf die Theorien eines Philosophen gestützt hatte, der ihn in seiner idealistischen Behaglichkeit störte.

– Stirb nicht! hatte sie auf der Türschwelle mit fast leiser Stimme gesagt.
Mit einer flüchtigen, aber zärtlichen Geste hatte sie meine Wange berührt.
Wir hatten die Nacht zusammen verbracht, in der Rue Visconti, von der Sperrstunde überrascht. Dabei war es das erste Mal, daß unsere Körper sich berührten: ihre Hand, meine Wange, keusch.
Ich war zusammengezuckt. Sterben? Davon konnte keine Rede sein. In jenem Frühjahr 1943 war ich davon überzeugt, unsterblich zu sein. Zumindest unverwundbar. Warum sagte sie mir das? Welche Schwäche, so plötzlich?
Julia, das war ihr Deckname, kümmerte sich um mein letztes Treffen mit der MOI, der kommunistischen Organisation für die Ausländer in Frankreich. Dort hatte ich es mit

Bruno, mit Koba zu tun gehabt. In letzter Zeit mit Julia. Aber die Entscheidung war gefallen: ich sollte mit Jean-Marie Action zusammenarbeiten, einem Buckmaster-Netz. Dort würde es Waffen geben, und ich hatte das Bedürfnis, die Waffen der Kritik gegen die Kritik der Waffen einzutauschen.

Wenn ich mich auf diese Marxsche Formel berufe, so deshalb, um deutlich zu machen, wie es im Alter von neunzehn Jahren um mich stand: welcher Anspruch, welche Illusion, welches Fieber, welcher Lebenswille.

(Sterben? Wovon redete sie nur, Julia? Ich war unverwundbar!)

Die Waffen also: die Fallschirmabwürfe, der Maquis in Burgund, Jean-Marie Action. Ich schloß mich mit Zustimmung der MOI dem Netz an. Aber man mußte die Verbindungen kappen, aus Sicherheitsgründen; jeder für sich, keine Mitwisser, was im Fall von Festnahmen verhängnisvoll wäre!

Ich weiß nicht mehr, warum, zweifellos weil alles gesagt war, weil es das letzte Treffen war, weil unsere Wege sich trennen würden, zweifellos aus all diesen Gründen hatte Julia sich zu Vertraulichkeiten hinreißen lassen.

Nichts Genaues, gewiß, nichts wirklich Intimes. Anspielungen auf Ereignisse, Kommentare über Bücher, die es erlaubten, Bruchstücke einer Biographie zu erraten, zu rekonstruieren: daß sie Österreicherin war, wußte ich bereits; Wienerin; vermutlich Jüdin. Daß sie wahrscheinlich, schon in sehr jungen Jahren – als ich sie kennenlernte, war Julia wohl um die dreißig –, im Apparat der Komintern gearbeitet hatte.

Ich hatte feststellen können, wie solide ihre theoretische Bildung war, aber ich wußte nichts von ihrer Liebe zur Literatur. Besonders zur Poesie. Sie erzählte mir von

Bertolt Brecht an jenem Abend, von dem ich fast nichts wußte.
Sie sagte mir Gedichte von Brecht auf. Einige Verse sind mir für immer im Gedächtnis geblieben.
Ich sagte ihr Gedichte von Rafael Alberti auf und übersetzte sie. Besonders gern hörte sie sie auf spanisch, wegen des Klangs, der Musik der Sprache.
Gedicht um Gedicht, Entdeckung um Entdeckung – plötzlich war es zu spät: die Sperrstunde war schon angebrochen. Dennoch versuchte ich, die Rue Visconti zu verlassen, in meine damalige Unterkunft zu gelangen, dicht an den Mauern entlang. Vergebens: in der Rue Bonaparte durchbohrten sofort die Pfiffe der Blockwarte die Stille der Nacht.
Rasch trat ich den Rückzug an.
Vor diesem überstürzten, mißlungenen Abschied hatten wir Zeit gehabt, einen persönlichen Streit beizulegen. Julia bat mich nämlich, ihr ein Buch zurückzugeben, das sie mir geliehen hatte. Das sie mir vielmehr leihweise aufgenötigt hatte. In der letzten Zeit hatte ich die Möglichkeit gehabt, mich einmal in der Woche, an einem bestimmten Tag, zu einer vereinbarten Zeit in einer gutbürgerlichen Wohnung des siebten Arrondissements einzufinden. Eine Dame mittleren Alters öffnete, man brauchte ein Kennwort. Sie führte mich zu einer Tür, die, hinter einer schweren Tapisserie verborgen, in ein mit Büchern vollgestopftes Zimmer ging.
Es war die Bibliothek von Ali Baba, sie enthielt sämtliche damals erschienenen marxistischen Werke. Ausschließlich in deutscher Sprache. So konnte ich meine Kenntnisse der philosophischen Werke von Marx selbst erweitern, ebenso einige polemische oder theoretische Texte von Autoren lesen, die seither entweder in den Himmel gehoben oder verdammt worden sind. Manchmal beides.

Das Buch, das mich von allen am meisten beeindruckt hat, war *Geschichte und Klassenbewußtsein* von Lukács: es war Liebe auf den ersten Blick. Es gab zwei Exemplare der Malik-Ausgabe in der illegalen Bibliothek in der Rue Las-Cases.

Und genau um dasjenige, das ich ausgeliehen hatte, drehte sich der Streit zwischen Julia und mir. In dem Augenblick, da sie jede Verbindung zwischen uns abbrach, wollte sie, daß ich es zurückgebe. Ich behauptete, ich benötige es noch für meine marxistische Schulung. Sie sagte, Lukács' Abhandlung sei von den theoretischen Instanzen der Komintern scharf kritisiert worden und es sei für meine theoretische Schulung besser, ein so teuflisches Buch nicht zu benutzen. Ich erwiderte, wenn Lukács teuflisch sei, dann wäre es dringend geboten, sein Buch aus der illegalen Leihbibliothek zu entfernen, damit andere Leser nicht infiziert würden. Bei mir wäre *Geschichte und Klassenbewußtsein* für schwache Seelen unzugänglich!

Sie schimpfte mich einen Sophisten, mußte jedoch lächeln.

Irgendwann während dieser Diskussion – am Ende sollte mir Julia, des Streits müde, das Exemplar von Lukács' Abhandlung überlassen; es ist in den Wirren jener Jahre samt der Bibliothek meiner Jugend in der Rue Blainville verlorengegangen! – hatte ich ihr, ich weiß nicht warum, von meinem bei der allgemeinen Prüfung errungenen Philosophiepreis erzählt. Vielleicht um sie davon zu überzeugen, daß ich ein moralisches Recht hatte, das Buch zu behalten. Sie wollte alles über diesen Preis wissen.

Ich habe eine Photokopie meiner Arbeit vom Mai 1941 vor Augen.

Vor einigen Jahren nämlich hatte mir das Erziehungsmini-

sterium, das aus Anlaß irgendeines Jahrestags der Einführung besagter Prüfung – des hundertsten, fünfhundertsten? ich weiß es nicht mehr – eine feierliche Zeremonie in Erwägung zog, den Text meiner Abhandlung zukommen lassen.
Da die Gedenkfeier aus mir unbekannten Gründen abgesagt worden war, vielleicht einfach deshalb, weil der Erziehungsminister inzwischen gewechselt hatte, habe ich vergessen, warum ich diese Photokopie erhalten hatte und was man aus diesem Anlaß von mir erwartete.
Wie dem auch sei, ich hatte damals meine Abhandlung wiedergelesen.
Alles an diesem Text verwirrte, bestürzte mich. Ich erkannte den Siebzehnjährigen, der ich gewesen war und der ihn geschrieben hatte, nicht wieder. Ich konnte mich nicht mit ihm identifizieren. Ich erkannte meine Schreibweise nicht wieder, weder den Stil meines Denkens noch die Methode des philosophischen Herangehens.
Vor allem war mir aufgefallen, wenn man mir einen kurzen Augenblick der Selbstzufriedenheit gestattet, daß mein Text kein einziges Zitat enthielt: alle, im übrigen leicht zu entschlüsselnden, philosophischen Quellen waren in meinen Text integriert. Im Alter von siebzehn Jahren – die Professoren, die jahrelang philosophische Texte durchsehen, wissen es nur allzu gut – neigt man eher dazu, seine Arbeiten mit ausgewiesenen Zitaten und namentlich genannten Quellen zu spicken. Zitate sind die Krücken eines noch unschlüssigen Denkens.
Nichts dergleichen in meinem Fall, das hat mich verblüfft!
Dennoch habe ich mich in diesen Seiten nicht wiedererkannt. Ein anderer als ich drückte sich darin aus: ein anderes Ich; ich selbst als ein anderer; und das machte mich neugierig.

Im übrigen war ich davon überzeugt, daß ich ein ähnliches Befremden empfunden hätte, wenn ich meinen Text im Jahre 1943, in dem Moment, da ich mit Julia darüber sprach, hätte wiederlesen können.
Denn zwischen diesen beiden Daten – 1941, 1943 – hatte sich in meinem Leben etwas Wichtiges ereignet: ich hatte die philosophischen Werke von Karl Marx entdeckt. Ich hatte gespürt, wie über alle meine Gedanken, über meine Art des In-der-Welt-Seins der überwältigende Atem des *Kommunistischen Manifests* wehte, ein wahrer Orkan.
Ich weiß nicht, wie ich einem jungen Menschen von heute begreiflich machen kann – nicht einmal, ob es möglich, und noch weniger, ob es sinnvoll ist, einem Siebzehnjährigen, der in der letzten Philosophieklasse wäre –, heute, wo der Kommunismus nur noch eine böse Erinnerung, allenfalls ein Gegenstand archäologischer Forschung ist, wie ich es anstellen sollte, daß er mit ganzer Seele, mit ganzem Leib versteht, welche Bedeutung für eine Generation, die zur Zeit von Stalingrad knapp zwanzig Jahre alt war, die Entdeckung von Marx hatte.
Welch ein Wirbelsturm, welche dem Geist der Erfindung und Verantwortung gebotene Chance, welche Umkehrung aller Werte, wenn man auf Marx stieß, nachdem man (ein wenig) Nietzsche gelesen hatte, *Zarathustra*, *Die Geburt der Tragödie*, *Genealogie der Moral*… Scheiße, was für ein Greisengewäsch! Welche Freude zu leben, sich Gefahren auszusetzen, alle Brücken hinter sich abzubrechen, in der Nacht Sätze aus dem *Manifest* zu singen!
Nein, wahrscheinlich ist das unmöglich! Vergessen wir es, beenden wir die Trauerarbeit, entfernen wir uns von dem Marx, den die Marxisten unter einem blutigen Leichentuch oder einem permanenten Verrat begraben haben. Unmöglich, den Sinn und das Wissen, die Würze und das Feuer

dieser Entdeckung von Marx zu vermitteln, all das, was wir im Alter von siebzehn Jahren im besetzten Paris entdeckten, einer verrückten Zeit, in der wir uns scharenweise Sartres *Les mouches* ansahen, jenem Freiheitsruf des tragischen Helden lauschten, als, nachdem wir alle Bücher gelesen hatten, in unseren Seelen plötzlich das Bedürfnis keimte, zu den Waffen zu greifen.

Im Morgengrauen, in der Rue Visconti, standen wir nach dem Ende der Sperrstunde, nach diesem nächtlichen Gespräch, auf der Türschwelle.
– Stirb nicht, hatte Julia gesagt.
Ihre rechte Hand berührte zärtlich meine Wange.
Ich war zusammengezuckt: wovon redete sie? Es war absurd. Wie konnte sie sich einbilden, daß ich sterblich sei?
– Stirb nicht, bitte, beharrte sie.
In Buchenwald hatte ich mich an Julia erinnert, als ich mit Lenoir sprach. Wir sprachen über Lukács, und ich erinnerte mich an Julia. Immer wenn es um Lukács ging, tauchte die Erinnerung an Julia wieder auf. Als ich mein erstes Buch, *Die große Reise*, veröffentlicht hatte, las der alte Lukács es auf deutsch, sprach darüber. Er veröffentlichte Kommentare. Von da an, Mitte der sechziger Jahre, schickte er regelmäßig Studenten aus Budapest zu mir, Jungen und Mädchen.
Es läutete an meiner Tür, ein junger Unbekannter stand im Flur. Oder eine Unbekannte. Ich erkannte sofort den Blick dieser jungen Unbekannten. Diesen klaren, verzweifelten, brüderlichen Blick. Den Blick des Ostens, des der Barbarei anheimgefallenen, anderen Europas. *Östlich der Hoffnung*.
Alle brachten sie eine Botschaft von Lukács, ein Gespräch konnte beginnen, ein Abenteuer der Freundschaft.
Aber ich erinnerte mich an Julia, an ihre Hand auf meiner Wange, an den Atem ihrer Stimme, einst.
– Vielleicht ist Gott einfach erschöpft, hat Lenoir soeben gesagt, vielleicht hat er keine Kraft mehr. Er hat sich aus der Geschichte zurückgezogen oder die Geschichte hat sich von Ihm zurückgezogen. Sein Schweigen wäre dann

nicht der Beweis seiner Inexistenz, sondern der seiner Schwäche, seiner Ohnmacht…

Alle drei, Lenoir, Otto und ich, hatten wir uns in die Baracke der Gemeinschaftslatrinen geflüchtet. Ein Schneeschauer hatte uns plötzlich gepeitscht, uns den Atem benommen, als wir von Block 56 und Maurice Halbwachs zum Großen Lager hinaufgingen.

Otto, der dritte in unserem Bunde, war ein »violettes Dreieck«, ein *Bibelforscher*, das heißt ein Zeuge Jehovas. Er war zwei Wochen zuvor in unserem sonntäglichen Gesprächskreis aufgetaucht. Wer hatte ihm von unseren Zusammenkünften erzählt? Wir erfuhren es nie. Aber er nahm uns sofort durch seine Strenge für sich ein, durch die Radikalität seines Denkens.

Schon bei seinem ersten Erscheinen unterbrach er einen von uns, der gerade über ein belangloses Thema sprach.

– Hört zu, sagte er dem Sinn nach. Wir werden doch unserem Schlafbedürfnis, unserem ständigen Hunger, unserer Angst vor der Zukunft nicht deshalb ein paar Augenblicke abzwacken, um über Banalitäten zu reden! Wenn es so ist, wäre es besser, wir kehrten nach dem Mittagsappell und der Nudelsuppe in unsere Blocks zurück und versuchten, ein paar zusätzliche Stunden zu schlafen. Außerdem: wer schläft, ißt…

Er hatte die drei letzten Wörter auf französisch gesagt, *qui dort dîne*, zu Lenoir gewandt, von dem er nicht ahnen konnte, daß er Wiener und überdies Jude war, da er auf seinem roten Dreieck ein F trug.

Lenoir zeigte eine seltsame, schwer zu verstehende Reaktion. Er spulte in aller Geschwindigkeit eine Reihe französischer Sprichwörter ab.

– Genau, wer schläft, ißt, rief er aus. Der Krug geht so lange zum Wasser, bis er bricht. Ein Glas Wein zieht dem

Arzt einen Taler aus der Tasche. Auf heiteren Himmel und lachende Frauen ist nicht zu bauen.
Wir sahen ihn konsterniert an.
Aber Otto, der Zeuge Jehovas, hatte nicht die Absicht, sich so leicht von seinem Vorhaben abbringen zu lassen.
– Es gibt ein Thema, und zwar nur ein einziges, das es verdient, ihm ein paar Stunden Schlaf zu opfern!
Es war ihm gelungen, unsere Aufmerksamkeit zu wecken, vielleicht sogar zu fesseln.
– Nämlich die Erfahrung des Bösen! Sie beherrscht alle unsere anderen Erfahrungen in Buchenwald... Sogar die des Todes, die doch von größter Bedeutung ist...
Es fügte sich, daß Kants Abhandlung *Die Religion innerhalb der Grenzen der bloßen Vernunft*, die vor kurzem, 1943, übersetzt worden war, eine meiner letzten Lektüren gewesen war. Die Gestapo mußte ein Exemplar davon in dem Zimmer gefunden haben, das ich manchmal bei Irène Rossel in Épizy, einem Vorort von Joigny, bewohnte. Das Buch von Kant und *L'espoir* von Malraux.
– *Das radikal Böse*, die Erfahrung des radikal Bösen, warum nicht? habe ich zu Otto gesagt.
Er sieht mich an, er jubelt.
– Das ist es, das ist es! Warst du Philosophiestudent? *Philosophiestudent*, das erinnert mich an etwas. Natürlich: der Satz von Seifert, als er mich zum erstenmal in der *Arbeitsstatistik* empfangen hat, in seinem privaten Kabuff. »Es ist das erstemal, daß ich hier einen Philosophiestudenten sehe«, hatte er zu mir gesagt. »*Die Kumpel, die zu mir geschickt werden, sind gewöhnlich Proleten.*«
Aber Otto meinte nicht, daß man sich nur an Kant halten müsse. Bei der Erforschung des radikal Bösen sei auch Schelling zu berücksichtigen, seine *Philosophischen Untersuchungen über das Wesen der menschlichen Freiheit.*

– Ich habe ein Exemplar davon in unserer verdammten Bücherei gefunden, hatte er hinzugefügt.
Mein eigenes Exemplar ist bei der Katastrophe der Rue Blainville zusammen mit allen meinen anderen Büchern verlorengegangen.
Es war ein Mitte der zwanziger Jahre erschienener Band der Éditions Rieder. Die Übersetzung des Texts von Schelling stammte von Georges Politzer und die Einführung von Henri Lefebvre.
Im übrigen war Schellings Abhandlung wegen des Übersetzers und des Verfassers der Einführung in meine Hände gelangt. Ein Schulkamerad vom Henri IV – wir waren zusammen auf der Demonstration vom 11. November 1940 auf den Champs-Élysées gewesen; zusammen war es uns gelungen, den Razzien der Pariser Polizei und des Bataillons der Wehrmacht zu entwischen, das der Nazigeneralstab geschickt hatte, um das Viertel zu säubern –, ein Schulkamerad der Philosophieklasse, der nicht wie ich bei Bertrand in Philo 2 war, sondern bei René Maublanc in Philo 1, einem marxistischen Professor, zu dem man sich nur beglückwünschen konnte, hatte mir empfohlen, Schelling zu lesen, eben wegen Politzer und Lefebvre.
Kurzum, ich hatte Schellings Abhandlung gelesen, ich bewahrte die Erinnerung an eine evidente theoretische Erleuchtung, einen harten Kern bahnbrechender Ideen im Gewand einer dunklen, fast mystischen Sprache.
Einige Tage nach diesem sonntäglichen Gespräch am Bett von Maurice Halbwachs hatte mich Otto während der Mittagspause in der *Arbeitsstatistik* aufgesucht.
Ich befand mich im Hinterzimmer, ich las die Zeitungen. Ich hatte den Auftrag, für die Führungstroika der spanischen Partei eine Zusammenfassung der Nazipresse anzufertigen: ein einziges handgeschriebenes Exemplar, das

Nieto dann Falco und Hernández, reale falsche Namen von Lucas und Celada, zu lesen gab.
Ich wählte also die signifikantesten Artikel der Tageszeitung *Völkischer Beobachter* und der Wochenschrift *Das Reich* aus, die ich zusammenfaßte und aus denen ich, natürlich übersetzt, Auszüge zitierte.
An jenem Tag hatte ich nichts mehr zu essen, ich aß nicht. Dagegen hatte ich eine Zigarette. Ich rauchte also die Hälfte einer Orientzigarette – bestimmt hatte Seifert sie mir geschenkt – und trank dabei einen Becher des obligatorischen warmen Getränks von Buchenwald.
Die Tür ist aufgegangen, Walter ist eingetreten. Hinter ihm Otto.
– Besuch für dich, sagte Walter und ging sofort wieder hinaus.
Otto hatte ein Buch in der Hand, die berühmte Abhandlung von Schelling. Er begann mir davon zu erzählen, mir die Stellen zu zeigen, die er für mich ausgesucht hatte.
Meiners, das »schwarze Dreieck«, beobachtete uns.
Bisher kehrten wir uns natürlich den Rücken, wie gewöhnlich. Aber er hat seinen Platz gewechselt, um uns zu beobachten, mit vor entrüsteter Verwunderung aus den Höhlen tretenden Augen.
Denn Otto, die ausgewählte Stelle in dem vor uns aufgeschlagenen Band mit dem Finger unterstreichend, las mir laut Sätze von Schelling vor. Er wollte mir beweisen, daß dessen Auffassung des Bösen sehr viel gehaltvoller, substantieller war als die von Kant.
»Wie verhält sich Gott als sittliches Wesen zu dem Bösen, dessen Möglichkeit und Wirklichkeit von der Selbstoffenbarung abhängt? Hat er, wenn er diese gewollt, auch das Böse gewollt, und wie ist dieses Wollen mit der Heiligkeit und höchsten Vollkommenheit in ihm zu reimen, oder im

gewöhnlichen Ausdruck, wie ist Gott wegen des Bösen zu rechtfertigen?«

Das war in der Tat eine entscheidende Frage, der alle Theologien, insbesondere die thomistische, ausgewichen sind oder die sie zu verdunkeln trachteten, indem sie Gott schonten, ihn für immer aus dem Bereich des Bösen entfernten.

Ich lauschte Otto, der mir den tiefen Sinn dieser Stelle erläuterte, und ich sah Meiners' Augen, sein gehässiges Grinsen.

Otto setzte seine Lektüre fort.

»Warum nun Gott den Willen des Grundes nicht wehre oder ihn aufhebe, haben wir ebenfalls schon gezeigt. Es wäre dies ebensoviel, als daß Gott die Bedingung seiner Existenz, d. h. seine eigne Persönlichkeit, aufhöbe. Damit also das Böse nicht wäre, müßte Gott selbst nicht sein.«

Genau in diesem Augenblick reagierte Meiners. Er murmelte unverständliche, aber zweifellos unfreundliche Worte.

Ich wandte mich an ihn.

– *Was murmelst du? Otto ist doch ein Reichsdeutscher!*

Wieder einmal traf ich ins Schwarze. Unflätigkeiten schnaubend machte sich Meiners aus dem Staub.

Otto wunderte sich nicht darüber, stellte keine Frage.

– Arschloch! sagte er. Ich kenne ihn. Ich hoffe, er kommt vor Gericht. Er ist nicht mal das Blei von sechs Kugeln in den Wanst wert!

Eifrige Bibellektüre untersagte offensichtlich nicht scharfe Urteile!

Kurz danach las Otto mir einen weiteren Satz von Schelling vor, der mir wörtlich im Gedächtnis geblieben ist. Von den soeben zitierten dagegen hatte ich nur den ungefähren Sinn behalten. Ich mußte sie in einem Band von Schellings metaphysischen Schriften nachschlagen, der kürzlich in einer angesehenen Philosophiereihe und einer neuen Übersetzung erschienen ist.

Wie dem auch sei, einst hatte mir Otto, im Hinterzimmer der *Arbeit*, eine grundlegende Erkenntnis Schellings auseinandergesetzt, dem zufolge nirgends Ordnung und Form das Ursprüngliche sind: ein anfänglich Regelloses liege der Welt und dem Sein zugrunde.

Und er zog daraus den Schluß, der mich im Innersten traf, so daß ich ihn für immer im Gedächtnis behalten werde: »Ohne dies vorausgehende Dunkel gibt es keine Realität der Kreatur; Finsternis ist ihr notwendiges Erbteil.«

Nicht allein die Finsternis des Leidens, die reine Passivität, dachte ich; auch die Finsternis des Bösen, der aktive Trieb der ursprünglichen Freiheit des Menschen.

Auf diese Weise fand Gott Eingang in unsere Gespräche, an der Bettstatt von Maurice Halbwachs. Das war das mindeste: Sonntag, Tag der Nudelsuppe und der kurzen, wundersamen Freizeit, Tag des Herrn.

– Vielleicht ist Gott erschöpft, vielleicht hat er keine Kraft mehr. Sein Schweigen wäre dann das Zeichen seiner Schwäche, nicht seiner Abwesenheit, seiner Inexistenz, hat Lenoir, der Wiener Jude, als Antwort auf eine Frage von Otto gesagt.

Wir drei, Lenoir, Otto und ich, hatten die Baracke der Gemeinschaftslatrinen betreten, nachdem wir den Block 56 verlassen hatten. Es war halb sechs, die Nacht brach herein. Bald würde ich wissen, welcher Tote gegebenenfalls meinen Namen annehmen wird, damit ich sein Leben annehme.

Wir drei waren, um uns zu wärmen, bis in die Mitte der Baracke vorgedrungen, im stinkenden, anheimelnden Dunst. Ich glaube, daß keiner von uns wirklich auf das übliche Schauspiel der Deportierten achtete, die zu Dutzenden mit

heruntergelassener Hose auf dem Stützbalken saßen und schissen. Wir sprachen über das Schweigen Gottes, seine vorgeschützte oder tatsächliche Schwäche, und das doch so nahe und ekelhafte Rumoren der vom Durchfall geplagten Därme erreichte uns nicht oder nur kaum.
Über das Schweigen Gottes machte ich mir keine metaphysischen Sorgen. Denn was war am Schweigen Gottes verwunderlich? Wann denn hatte Er gesprochen? Bei welchem Massaker der Vergangenheit hatte Er seine Stimme vernehmen lassen? Welchen Eroberer, welchen grausamen Kriegshäuptling hatte Er jemals verdammt?
Wenn man die biblischen Schriften nicht als Fabeln abtun wollte, wenn man ihnen eine gewisse historische Realität beimessen wollte, dann sah es so aus, als habe Gott seit dem Berg Sinai in der Geschichte der Menschen nicht mehr gesprochen. Kann es dann überraschen, daß er auch weiterhin Schweigen bewahrt? Wozu sich wundern, sich empören oder sich ängstigen über ein derart gewöhnliches, in der Geschichte derart verwurzeltes Schweigen, das für unsere Geschichte vielleicht sogar grundlegend ist, von dem Moment an, wo sie – die Geschichte – aufgehört hat, heilig zu sein?
Worum es gehe, sagte ich zu den beiden anderen, sei nicht das Schweigen Gottes, sondern das der Menschen. Über den Nazismus, zum Beispiel, das absolute Böse, über das zu lange, zu furchtsame Schweigen der Menschen.
Aber unser Gespräch wurde jäh unterbrochen.
Plötzlich kam ein Deportierter durch die Baracke gerannt, über seine Holzschuhe stolpernd. Sein Bedürfnis war so dringend, daß er schon unterwegs, rasch vorwärtshüpfend, die Hose herunterließ.
Er hatte nicht die Zeit, die Grube zu erreichen. Bevor es ihm gelungen war, sich umzudrehen, um mit dem Hintern

auf den Stützbalken zu sinken, schoß eine ekelerregende, schleimige Flüssigkeit aus seinen Eingeweiden, die Kleider einer ganz in der Nähe im Kreis hockenden Gruppe beschmutzend, dreier oder vier Deportierter, die sich gerade eine Kippe teilten.

Entrüstetes, angewidertes Gebrüll; wildwütige Beschimpfungen; augenblickliches Verprügeln des unfreiwillig Schuldigen, der zum Schluß in die Abortgrube geworfen wurde und sich in der Scheiße wälzte.

Alsbald war eine allgemeine Schlägerei im Gang.

Da der bedauernswerte Schisser Franzose war und die Gruppe der ruhigen *machorka*-Raucher aus Polen bestand, geriet die Auseinandersetzung schnell zu einer ethnischen Angelegenheit.

Alle Franzosen der Baracke eilten humpelnd, hinkend, keuchend ihrem Landsmann zu Hilfe, um ihn aus der Abortgrube zu hieven und die Polen zu bestrafen, die sich ebenfalls zusammenrotteten, die Gelegenheit ausnutzend, um sich an den Franzosen zu rächen, die in Buchenwald von den Deportierten Mittel- und Osteuropas fast durchweg verachtet wurden wegen ihrer kläglichen Niederlage von 1940. Wir wären schon längst frei, wenn diese erbärmlichen Franzosen sich nicht hätten schlagen lassen: das war die allgemeine Ansicht in Mitteleuropa.

Das Eintreffen einer Gruppe kräftiger junger Russen des *Stubendiensts* der Blöcke des Kleinen Lagers machte dem Durcheinander ein Ende, denn augenblicklich kehrte jeder zu seiner gewohnten sonntäglichen Beschäftigung zurück, im stinkenden »Bad des Volkes«, im »Waschhaus der Krieger und Krüppel«.

– Sag diesem »gläubigen Alten«, er soll einen Moment weggehen … Ich muß mit dir allein reden!

Nikolai, der *Stubendienst* von Block 56, steht vor uns. Otto und ich befinden uns am Eingang der Latrinenbaracke. Im allgemeinen Durcheinander und Getöse hat sich Lenoir davongeschlichen: er hatte nicht die geringste Lust, in die Schlägerei zwischen Polen und Franzosen verwikkelt zu werden. Das schwarze F auf seinem roten Dreieck hätte ihn hineinziehen können: für einen Wiener Juden wäre das der Gipfel gewesen!
Nikolai deutete mit einem Finger auf Otto, den Zeugen Jehovas.
Er hatte deutsch gesprochen, wie gewöhnlich. Aber statt »gläubiger Alter« hatte er *raskolnik* gesagt. Der Einfachheit halber habe ich es für den Leser übersetzt.
Wir standen am Eingang der Latrinen: in wenigen Minuten würde ich zum *Revier* gehen, um Kaminsky zu treffen. Um endlich den Toten kennenzulernen, dessen Platz ich vielleicht einnehmen würde. Und der in diesem Fall den meinen einnähme.
Nikolai war aufgetaucht, wie immer tadellos: glänzende Stiefel trotz dem Schneematsch; Reithose, eine sowjetische Offiziersmütze auf dem Schädel. Vorhin hatte ich seine Anwesenheit in der Mannschaft der jungen Russen bemerkt, die gekommen waren, um mit brutaler Effizienz für Ordnung zu sorgen.
Otto macht eine Handbewegung.
– Ich lasse euch allein, sagt er.
Dann, an Nikolai gewandt:
– *Raskolnik* ist wohl nicht die beste Übersetzung für *Bibelforscher*!
– Nicht so schlecht, da du mich verstanden hast!
Otto entfernt sich in der Dunkelheit.
– Und? sage ich zu Nikolai. Mach's kurz, ich habe es eilig!

– Galantes Rendezvous?
Er bringt mich zum Lachen.
– Vielleicht, antworte ich, in gewisser Weise!
Spanische Verse fallen mir ein. Verse von Antonio Machado anläßlich der Ermordung Lorcas. Der Tod, die umworbene junge Frau. Oder die dich umwirbt. Der Tod als Kurtisane, warum nicht?
– Übrigens, fährt Nikolai fort, wenn du Lust hast, einen Knaben zu ficken, sag's mir!
– Alkohol, Lederstiefel, Lustknaben: das Haus liefert alles!
Er nickt.
– Bier, Margarine, obszöne Bilder, Arschlöcher, genau! setzt er drauf.
Sein Blick wird starr, hart.
– Auch Geld. Devisen, natürlich!
Er hat *valuta* gesagt, das entsprechende russische Wort. Das im übrigen ein Germanismus ist.
– Sogar Dollar? Ihr braucht Dollar, denn die Amerikaner werden den Krieg gewinnen!
Er flucht, schickt jemanden seine Mutter ficken. Ich fürchte, daß ich es bin. Ich beschließe, keinen Anstoß daran zu nehmen.
Er feixt: sehr weiße Zähne, Raubtierzähne.
– Genau, Dollar!
Seine rechte Hand hat mich am Revers meines blauen Mantels gepackt. Man kann diese Geste als Drohung interpretieren; oder als Warnung.
– Wir wollen, daß du dem Akkordeonspieler eine Nachricht überbringst...
Der Übergang vom »ich« zum »wir« ist bedeutsam. Zweite Botschaft. Er ist nicht allein; sie sind eine Gruppe, eine Bande, eine Gang. Kurz, eine Macht.

– Sag schon.
Der Akkordeonspieler ist der Akkordeonspieler: es gibt nur einen in Buchenwald. Zumindest nur einen, der seine Kunst ausübt, ein Franzose. Vor der Sperrstunde läuft er von einem Block zum andern. Vor allem am Sonntag nachmittag. Er spielt: kleine Darbietungen gegen ein Stück Brot, Suppe, Margarine. Viele Blockälteste akzeptieren ihn: das entspannt die Deportierten, mildert ihr Elend. Das Akkordeon ist ein kostenloser Ersatz des Opiums für das Volk.
Als wir noch in Quarantäne waren, im Block 62, hatte Yves Darriet mir den Akkordeonspieler vorgestellt.
– Er hat nämlich Dollar versteckt, sagt Nikolai zu mir. Wir waren es, die sein Instrument aus der *Effektenkammer* geschmuggelt haben. Wenn er weiterspielen und sich mit dem Akkordeon was dazuverdienen will, dann soll er uns die vereinbarte Summe zahlen. Und nicht versuchen, uns einen Bären aufzubinden. Letzte Warnung, bevor wir ihm die Finger einzeln brechen, jeden Tag einen!
– Warum ich?
– Was, warum du?
Ich präzisiere:
– Warum hast du mich ausgesucht...
Er unterbricht mich.
– *Wir* haben dich ausgesucht! Weil du ihn seit der Quarantäne kennst, weil er weiß – und wir auch –, daß du an dieser Sache nicht beteiligt bist, du bist unparteiisch. Und außerdem bist du ein *Prominenter*, Seifert ist dir wohlgesonnen, wir wissen es, das weckt Vertrauen!
Ich könnte geschmeichelt sein, ich bin es nicht. Es kotzt mich an.
Aber vielleicht wird Kaminsky mir da raushelfen, wenn er gezwungen ist, mich verschwinden zu lassen.

– Ich will wegen einer faulen Geschichte keinen Ärger kriegen, sage ich ihm. Laß mir zwei Tage Zeit.
– Zwei Tage, das heißt?
– Das heißt achtundvierzig Stunden. Heute ist Sonntag. Dienstag hast du meine Antwort. Laßt ihn bis dahin in Ruhe!
Er nickt.
– Bis dahin halten wir ihn unter Kontrolle. Er soll bloß nicht versuchen, seine Dollar anderswo zu verstecken: wir werden ihn nicht aus den Augen lassen!
Ich stelle mir vor, daß die Dollar, falls es denn Dollar gibt – aber es gibt sie bestimmt! –, in dem Instrument selbst versteckt sind, dem Akkordeon, das er in allen Gefängnissen und auf allen Reisen nicht aus der Hand gelegt hat.
Aber das ist nicht mein Problem.
Nikolai geht, kommt sofort wieder zurück.
– Dein Herr Professor macht die Augen nicht mehr auf!
– Nein, antworte ich, aber er sieht. Er sieht klar, ohne die Augen aufzumachen.
Er versteht nicht, das macht nichts.
– Ruf deinen *raskolnik* zurück, sagt er, aber kein Wort!
Er verschwindet in die Nacht.
– Hast du seine Mütze bemerkt? fragt mich Otto wenig später.
Er ist zurückgekommen. Für mich wird es Zeit, ins Re*vier* zu gehen.
– Ja, eine NKWD-Mütze! Nikolai ist sehr stolz darauf. Die Mütze eines Offiziers der Spezialeinheiten der Polizei …
– Auf diese Weise, unterbricht mich Otto, könnte er, ohne die Mütze zu wechseln, seinen Status wechseln: statt in einem Nazilager Deportierter zu sein, könnte er in einem sowjetischen Lager Wärter sein!

Ich fühle, wie sich Eiseskälte um meine Schultern legt.
– Was willst du damit sagen, Otto?
– Was ich sage: daß es in der UdSSR Lager gibt...
Ich biete ihm die Stirn.
– Ich weiß... Schriftsteller haben davon gesprochen... Gorki hat davon gesprochen, anläßlich des Baus des Weißmeerkanals. Gemeine Kriminelle kommen in Lager, leisten dort sinnvolle Arbeit, statt blödsinnig im Gefängnis zu verschimmeln. Umschulungslager durch Arbeit...
Ich merke, daß ich ein fatales Wort des Nazivokabulars ausgesprochen habe, *Umschulungslager*. Otto lächelt.
– Genau... *Umschulung*. Das ist die Marotte der Diktatoren! Aber ich will nicht mit dir streiten: du bist entschlossen, nicht auf mich zu hören. Ich könnte dich mit einem russischen Deportierten bekanntmachen, einem bemerkenswerten Mann. Einem wirklichen *raskolnik*, einem wirklichen »gläubigen Alten«. Einem Zeugen, nicht nur Christi... Er wird dir von Sibirien berichten!
– Ich kenne Sibirien, sage ich wütend. Ich habe Tolstoi gelesen, Dostojewski...
– Das waren die zaristischen Lager... Mein *raskolnik* wird dir von den sowjetischen Lagern berichten!
Ich habe keine Minute mehr zu verlieren: Kaminsky wird wütend sein, wenn ich zu spät komme.
– Hör zu, sage ich, ich habe eine wichtige Verabredung, jetzt gleich, im *Revier*... Nächsten Sonntag kannst du mir das alles erzählen!
Otto geht, schlägt den Mantelkragen hoch, zieht den Kopf zwischen die Schultern, um sich vor dem eisigen Wind zu schützen.
Am nächsten Sonntag erwartet er mich an der Bettstelle von Maurice Halbwachs.
– Und? frage ich ihn. Wann sehe ich ihn, deinen *raskolnik*?

Er scheint sich nicht sehr wohl zu fühlen. Er weicht meinem Blick aus.
– Er will nicht, sagt er nach langem Zögern.
Ich warte auf die Fortsetzung, die auf sich warten läßt.
– Er will nicht mit einem Kommunisten reden, sagt er hastig.
Er bemüht sich zu lächeln.
– Nicht einmal mit einem jungen spanischen Kommunisten will er sprechen!
– Was soll dieser Schwachsinn!
– Du wirst die Wahrheit niemals hören wollen. Und außerdem besteht die Gefahr, daß du mit deinen deutschen Kumpeln darüber redest, die hier Herren über Leben und Tod sind. Als er erfahren hat, daß du in der *Arbeitsstatistik* arbeitest, hat er sich strikt geweigert!
Ich bin etwas ratlos, wütend.
– Und du hast ihn nicht eines Besseren belehrt, ihn nicht beruhigt? Was hast du ihm gesagt?
Er schüttelt den Kopf, er legt mir eine Hand auf die Schulter.
– Daß du es wahrscheinlich nicht glauben wirst. Aber daß du es für dich behalten, mit niemandem darüber reden würdest!
Ich versuche, mich zu rächen.
– Komischer Zeuge, dein *raskolnik*! Nicht gerade mutig …
– Er hatte deine Reaktion vorausgesehen, sagt Otto. Es sei keine Frage des Muts, hat er mich gebeten, dir zu sagen. Aber es sei sinnlos, mit jemandem zu reden, der nicht zuhören will und nicht verstehen kann. Einmal wird auch für dich der Tag kommen, soviel ist sicher.
Von nun an stehen wir schweigend an der Bettstelle von Maurice Halbwachs.

Es stimmt, daß ich dem *raskolnik* nicht hätte zuhören wollen, ihn nicht hätte verstehen können. Aufrichtig gesagt bin ich über die Weigerung des »gläubigen Alten« wohl irgendwie erleichtert gewesen. Sein Schweigen erlaubte es mir, in meiner so bequemen willentlichen Taubheit zu verharren.

ZWEITER TEIL

Schön war die Zeit,
da wir uns so geliebt …

Ich stolpere auf dem Schnee. Vielleicht vor Überraschung, oder vor Ergriffenheit.
Jedenfalls nicht ohne Grund.
Die Stimme von Zarah Leander trifft mich unerwartet, als ich zu dem Wäldchen laufe, in dem die Baracken des *Reviers* liegen. Sie überfällt mich, warm, packend, kupfern; sie umfängt mich wie die Zärtlichkeit eines Arms auf der Schulter, wie die Wärme eines weichen Seidenschals.
Sie scheint sich einzig an mich zu wenden, mir Liebesworte ins Ohr zu flüstern, »schön war die Zeit, da wir uns so geliebt«, von herzzerreißender Banalität, universeller wehmütiger Leere.
In Wirklichkeit verbreitet die Lautsprecheranlage, die dazu dient, lautstark die Befehle der SS zu übertragen, die dunkle Stimme von Zarah Leander im ganzen Lager. Man hört sie in den Schlafräumen, den Tagesräumen, den Stuben der Blockältesten und der Kapos, in den Büros der Versorgungskommandos sowie auf dem Appellplatz. Überall, bis in den kleinsten Winkeln von Buchenwald.
Außer in der Latrinenbaracke des Kleinen Lagers, dem einzigen Gebäude, das nicht an die Lautsprecheranlage angeschlossen ist und der SS-Macht entgeht.
Dort oben, im Wachturm, der den monumentalen Eingang des Lagers überragt, hat der *Rapportführer* diese dröhnende Stimme eingeschaltet, die sich doch allein an unser Inneres, unsere Einsamkeit wendet.
Sofort finde ich mein Gleichgewicht, meine Lebensgeister wieder.

Als die Stimme mich überrascht hat, die Stimme, die in mein Ohr spricht, während sie sich über den ganzen Ettersberg verbreitet, kam ich gerade am Saum des Wäldchens an, das die Baracken des Krankenbaus, das *Revier*, sowie eine große Mehrzweckhalle umgibt: bald Kino, bald Versammlungsort der Deportierten, die man für einen Transport oder irgendeine Massenaktion zusammengetrieben hat, Arbeitseinsatz oder Impfung beispielsweise.

An diesem Abend gehe ich mit großen Schritten zum Krankenbau. Ich habe eine Verabredung mit Kaminsky; auch mit dem Toten, der zu mir paßt.

– Hoffentlich legt uns dieser Hurensohn von SS-Typ Zarah Leander auf wie jeden Sonntag! hatte vorhin Sebastián Manglano ausgerufen.

Im Tagesraum von Block 40 ging die Probe weiter. Aber wir hatten uns beide abgesondert. Wir rauchten eine *machorka*-Kippe. Jeder einen Zug, mit minutiösem Anspruch auf Gleichheit. Mogeln kam nicht in Frage, der Einsatz war zu hoch. Mochten wir auch Kumpel sein, auf Leben und Tod, jeder von uns überwachte die aufglimmende Glut auf dem dünnen Zylinder der Zigarette. Ausgeschlossen, dem anderen einen zu langen Zug zu gewähren!

!Ay que trabajo me cuesta
quererte como te quiero!

Wieder sind es Worte von Lorca, die man im Tagesraum hört, aber es ist nicht mehr Manglano, der sie rezitiert.

Niemand rezitiert im übrigen: man singt, es singt sich von selbst. Infolge seines inneren Rhythmus, seiner latenten musikalischen Phrasierung ist Lorcas Gedicht der volks-

tümlichen andalusischen *copla* so nahe, daß es leichtfällt, es zu singen.
Aber nicht Manglano singt. Sondern Paquito, ein sehr junger spanischer Deportierter.
Paquito war in Südfrankreich verhaftet worden, während einer Razzia der Wehrmacht. Aus irgendwelchen Gründen, aus welchen weiß ich nicht mehr, falls ich es überhaupt je gewußt habe, war er von seinen Eltern irgendeinem Onkel oder älterem Vetter anvertraut worden, der in einem Lager spanischer Holzfäller im Departement Ariège arbeitete. Da dieses Lager einigen Guerilleros als Basis und Deckung diente, veranstalteten die Wehrmacht und die *Feldgendarmerie* dort eine Razzia.
Kurzum, im Alter von sechzehn Jahren fand sich Paquito in Buchenwald wieder.
Er war ein zarter, anmutiger Junge. Man hatte ihn in der *Schneiderei* untergebracht, wo unsere Klamotten geflickt wurden. Wo man sich auch, falls man ein *Prominenter* war und über Zahlungsmittel (Tabak, Margarine, Alkohol) verfügte, Kleider nach Maß anfertigen lassen konnte.
Vor dem Hunger und den tödlichen Gefahren bestimmter Arbeiten gerettet, wurde Paquito im Lager berühmt, als wir Spanier begannen, Schauspiele zu organisieren. Denn darin spielte er die weiblichen Rollen. Vielmehr *die* weibliche Rolle, die eine Rolle des *Ewigweiblichen*.
Schlank, schön geschwungene Taille, geschminkt und mit Perücke, in einem andalusischen Rüschenkleid, das er sich aus Lumpen selbst genäht hatte, mit einer hübschen Stimme begabt, in der noch die Zweideutigkeit der Kindheit schwang: so konnte Paquito täuschen.
Er war die verkörperte Täuschung, die aufwühlende Täuschung der Weiblichkeit schlechthin.
Im Prinzip waren unsere Darbietungen nur für die kleine

Gemeinde der Spanier bestimmt, denen sie den nostalgischen Trost der Zugehörigkeit, des geteilten Gedächtnisses spenden konnten. Oft wohnten ihnen aber auch französische Deportierte bei, aus offensichtlichen Gründen der kulturellen und politischen Nähe. Vor allem Franzosen aus den grenznahen Regionen, Okzitanien und Euskal Herria.

Paquitos Leistung sprach sich bald in weiteren Kreisen herum. Seine Berühmtheit verbreitete sich wie ein Lauffeuer in Buchenwald. An manchen Sonntagnachmittagen mußte man Leute buchstäblich abweisen.

Es war ein zweideutiger Erfolg, wie man sich denken kann. Er verdankte sich nicht allein der Liebe zur Poesie und zum Volkslied. In den Tagesräumen der Blocks, in denen er auftrat – oder in den größeren Räumen des *Reviers* und des *Kinos*, die uns von der inneren Lagerverwaltung manchmal zugestanden wurden –, entzündete Paquito in den Augen der Männer wahre Regenbögen irrsinnigen Begehrens.

Diejenigen, die Frauen liebten, projizierten auf diese androgyne Knabengestalt ihren stechenden Schmerz, ihr ungestilltes Verlangen, ihren nicht zu verwirklichenden Traum. Da sich der Zugang zum Bordell auf ein paar Hundert deutsche Häftlinge beschränkte, waren abertausend andere zur Erinnerung und zur Onanie verurteilt, die jedoch die drangvolle Enge, die Erschöpfung und die Hoffnungslosigkeit dem Plebs von Buchenwald nahezu unmöglich machten – es zumindest schwermachten, sie bis zum Höhepunkt zu treiben.

Um die einsame Lust angenehm praktizieren zu können, bedurfte es natürlich der Einsamkeit. Man mußte eine private Bude haben – wie im übrigen auch für die homosexuelle Lust –, ein Paradies, das lediglich den Blockältesten und einigen Kapos zur Verfügung stand.

Daher wurde die Sexualität, wie alle anderen Bereiche des täglichen Lebens in Buchenwald, von Klassenunterschieden bestimmt.
Vielmehr Kastenunterschieden.
Diejenigen, die nie Frauen gemocht hatten oder denen die Liebe zu ihnen vergangen war, diejenigen, die nach allzu vielen Jahren in der Welt des Zwangs, im dichtgedrängten, erbarmungslosen Universum der Männlichkeit, der männlichen Promiskuität diese Art Verlangen nicht mehr peinigte, betrachteten Paquito mit verschwommenen, weit aufgerissenen, traurigen Augen, sich den Hosenlatz reibend im Versuch, hinter dem weiblichen Flitter einen geschmeidigen, sich ihrer Phantasie darbietenden jungen Knabenkörper zu erraten.
Manchmal herrschte eine angespannte, fast dramatische Stimmung; der Atem ging pfeifend, die Luft wurde stikkig.
Zum Schluß hatte Paquito Angst bekommen. Er beschloß, dieses Spiel zu beenden.
Bei seinem letzten Auftritt, demjenigen, den wir gerade vorbereiteten, sollte er regungslos auf der improvisierten Bühne stehen, ohne wiegende Hüften und wirbelnde Röcke, und nur *a capella* einige Gedichte von Lorca singen.
Darunter jenes, das er gerade auswendig lernte, an jenem Dezembersonntag, in einer Ecke des Tagesraums.

!Ay que trabajo me cuesta
quererte como te quiero!
Por tu amor me duele el aire,
el corazón,
y el sombrero.

Dieses Gedicht bezauberte uns schon in Madrid, im flüchtigen Paradies der kindlichen Entdeckungen. Abgesehen von der ein wenig surrealen Komik des Textes (»Ach, wieviel Arbeit kostet es mich, dich zu lieben, wie ich dich liebe! Deiner Liebe wegen schmerzt mich die Luft, das Herz, der Hut!«) verlieh die Tatsache, Lorca bei uns zu Hause gesehen zu haben, wo er zusammen mit anderen Gästen im großen Eßzimmer aus Teakholz und Palisander zu Abend speiste, diesen Versen einen zusätzlichen Reiz.
Bei den Smith Semprun sagten wir sie für Moraima auf, eine hübsche Cousine, nur um sie zum Lachen zu bringen, indem wir ihr eine Liebe erklärten, von der sie sich nicht belästigt fühlen konnte.
Vor allem das Ende des Gedichts entzückte uns.

... y esta tristeza de hilo
blanco, para hacer pañuelos...

Diese beiden letzten Verse (»... und diese Traurigkeit eines weißen Fadens, aus dem man Schnupftücher macht...«) stimmten uns damals nachdenklich, führten uns sogar nahe an das Geheimnis der Poesie.
Jahre später galt das noch immer.
Im Tagesraum des C-Flügels von Block 40 in Buchenwald hörte ich Paquitos melodiöse Stimme Lorcas Gedicht singen, und das heftige Erschauern von einst beschlich die tiefe Lebensmüdigkeit, den vom ständigen Hunger hervorgerufenen Ekel und machte einen Augenblick lang erneut eine Seele bewohnbar, deren Körper sich feige nur noch nach der unendlichen Ruhe der Endlichkeit sehnte.
– Hoffentlich wird uns dieser Hurensohn vom Sonntagsdienst die Platten von Zarah Leander auflegen! hatte Sebastián ausgerufen.

Ich wunderte mich. Warum? Hatte er noch immer nicht genug von der ewigen sonntäglichen Leier?
Er zuckte die Achseln, sprach mit fester Stimme.
– Die Worte sind mir schnuppe! Ich verstehe sie nicht... Aber die Stimme ist geil... sie hilft mir beim Wichsen!
Sebastián Manglano erinnerte mich an die Bengel von Vallecas, Söhne von Prolos oder Arbeitslosen, die früher aus diesem Madrider Arbeitervorort in den Retiro-Park kamen, um unsere Ballspiele unter Söhnen der Bourgeoisie aus dem Salamanca-Viertel zu stören, unter dem anilinblauen Himmel des sonnigen Winters. Wie diese sprach er über sexuelle Dinge mit deftiger Einfachheit.
– Sonntag nachmittags, erklärt er mir, ist es einfach genial für mich. Du, du verschwindest bis zur Sperrstunde, du hast Versammlungen, Diskussionen, die Partei, deine Genossen, deinen alten Prof: prima. Mir dagegen, mir stinkt die Partei, jedenfalls das Gequassel. Mir reicht es, wenn man mir sagt, was zu tun ist. Da braucht's nicht viel Palaver, oder? Erinnerst du dich an das Lied der Komintern? »Brot, und keine Reden!« Sie ist ganz einfach, diese Perspektive. Du siehst, ich kenne einige Wörter eurer Sprache! Die Perspektive? Ganz einfach: man muß kämpfen. Und der Feind, Scheiße, da gibts keinen Zweifel: die Faschos...
Ich muß Manglano kurz unterbrechen: »Faschos« ist kein Anachronismus, was immer man darüber denken mag. Auch wenn diese geläufige Abkürzung von »Faschisten« tatsächlich erst lange nach meinem Gespräch mit Manglano aufgekommen ist, so ist sie dennoch kein Anachronismus, sondern eine Übersetzung. Auf spanisch nennt man seit dem Bürgerkrieg von 1936 die Faschisten *fachas*. Manglano hatte mir in unserer Sprache gesagt: »*Y el enemigo, coño, ya se sabe: los fachas*!« »Faschos« also für *fachas*: eine plausible und persönliche Übersetzung.

– Den Feind, Scheiße, sagt Manglano zu mir, den kennt man: die Faschos! Und am Montageband der Gustloff, wenn mir der verantwortliche deutsche Kumpel hinter dem Rücken der zivilen *Meister* und der SSler sagt, ich soll ein Teil des automatischen Gewehrs verhunzen, das wir produzieren, da braucht's keine langen Reden! Ich weiß, daß er alle Monteure, alle Fräser am Band aufgesucht hat, ich weiß, daß wir die besten Fachkräfte sind, daß wir alle Kommunisten sind, und jeder von uns wird an dem Teil, das er bearbeitet, einen klitzekleinen Fehler machen, und schließlich, am Ende des Bands, wird das Gewehr ganz schnell unbrauchbar … Damit bin ich einverstanden, dazu bin ich da, dazu hat man mich in die Gustloff gesteckt. Aber ich komme auf mein Ding zurück: am Sonntag nachmittag ist es genial! Du bist weg, ich habe die Bettstelle ganz für mich allein … Nach der Nudelsuppe eine Siesta: das Glück, Mann! Und für den Anfang ein tüchtiges Stroh!

Aber ich bin zu schnell: »Stroh« für *paja*, sehr gut. Die wörtliche Übersetzung. Trotzdem eine schlechte Übersetzung, denn *paja, hacerse una paja*, »sich ein Stroh machen«, heißt onanieren. Jedenfalls ist es nicht einfach, den Reichtum von Manglanos Volkssprache wiederzugeben, der sagte: »*Después de la sopa de pasta, una siesta: la dicha, macho. A tocarse la picha, la gran paja*!«

Und da kommt Zarah Leander ins Spiel, vielmehr ihre Stimme. Manglano findet sie erregend: das erleichtert das große Stroh!

Wir rauchen unsere *machorka*-Kippe zu Ende, tun die letzten Züge, bis unsere Lippen verbrennen. Ich wünsche ihm viel Glück: daß der im Wachturm diensthabende SS-Mann derjenige sein möge, der die Lieder von Zarah Leander liebt; daß sein Alexander in Form ist. Diesen Namen hat Manglano seinem Glied gegeben. Alejandro. Als ich ihn fragte, warum, hat er mich etwas mitleidig angesehen: *Pero vamos: Alejandro Magno*! »Kapier doch, Alexander der Große!« Manglano war kindlich stolz auf die Größe seines Dings. Freilich mußte es in Form sein. Alexanders immer wiederkehrende Schwächeperioden waren bei ihm in letzter Zeit Anlaß zu wachsamer Angst, ängstlicher Wachsamkeit. Aber Alexander rappelte sich immer wieder auf aus dem Nichts der Impotenz, zumindest bis zu jenem Dezembersonntag.

Plötzlich spuckt der Lautsprecher des Tagesraums ein krächzendes Geräusch aus. Gleich darauf, rein, tief, ergreifend, ließ sich die Stimme von Zarah Leander vernehmen.

So stelle ich mir die Liebe vor,
ich bin nicht mehr allein…

– Los, sagte ich zu ihm, los, Sebastián! Jetzt oder nie ist der Moment des großen Strohs!

Er rennt zum Schlafraum, zur köstlichen sonntäglichen Einsamkeit der Bettstelle, mit einem lauten wilden Lachen.

– Um sechs Uhr im *Revier*, hatte Kaminsky gesagt.
Ich bin da.
Die Deportierten drängten sich in wirbelnden Gruppen am Eingang der Aufnahme- und Konsultationsbaracke und versuchten, sich hineinzuschleichen. Man schob und stieß in alle Richtungen, schrie in allen Sprachen. Obgleich das Deutsche, wenn auch auf Befehlswörter und Allerweltsfloskeln geschrumpft, das Umgangs-, also Kommandokauderwelsch von Buchenwald war, kehrte doch jeder zu seiner Muttersprache zurück, um Zorn oder Angst auszudrücken und Verwünschungen auszustoßen.
Ein Ordnungsdienst aus jungen russischen Krankenwärtern, der eher auf Gebrüll und hartes Durchgreifen setzte, kanalisierte die Flut der Ankommenden und siebte die Einlaß Begehrenden.
Abgewiesen wurden zunächst diejenigen, die nicht daran gedacht hatten oder denen es nicht gelungen war, ihre Schuhe vom Schneematsch zu säubern, der zwangsläufig an ihnen klebte, sobald man im Freien herumlief. Darin war das SS-Reglement strikt: keiner durfte die Baracke betreten, wenn seine Schuhe nicht sauber waren.
Im *Revier* war es besonders wichtig, sich Respekt zu verschaffen. Es war die einzige innere Einrichtung des Lagers, in der die SS-Offiziere noch systematisch, täglich, ihr Kontroll- und Inspektionsrecht ausübten. Also ihre Unterdrückungsgewalt. Zu viele dreckige Stiefel oder Schuhe innerhalb der Baracken des Krankenbaus konnten allgemeine Repressalien mit unabsehbaren, aber zwangsläufig verhängnisvollen Folgen heraufbeschwören.
Diejenigen, die keine sauberen Schuhe hatten, wurden also wieder weggeschickt, damit sie ihre Schuhe auf der dafür

vorgesehenen Eisenstange abkratzten und von dem daran haftenden Schnee und Schlamm reinigten.
Als zweites wiesen die jungen Russen des Ordnungsdiensts, schnell und präzise wie die in Gesichtern bewanderten Rausschmeißer von Nachtclubs, Kasinos und anderen privilegierten Vergnügungsstätten, diejenigen ab, die allzu oft im *Revier* vorstellig wurden, in der Hoffnung, einen *Schonungs*zettel zu bekommen.
Mit einer Handbewegung, einem Schrei, einem Fluch – immer demselben: es war darin die Rede, ihre Mutter woanders zu ficken – wurden sie, kaum hatte man sie wiedererkannt, als rückfällige und gefährliche Schmarotzer aus der kleinen Schar der Bewerber vertrieben.
Erst dann begann die eigentliche Aussonderung.
Die zu Krankenwärtern gewordenen jungen Russen untersuchten die Deportierten, die zur eigentlichen medizinischen Konsultation vordringen wollten.
Einige, auch wenn sie zum erstenmal ins *Revier* kamen und saubere Schuhe hatten – die doppelte Voraussetzung dafür, die erste Hürde zu überwinden –, wurden sofort in ihre Blocks zurückgeschickt. Sie schienen nicht krank genug zu sein, um einer Schonung zu bedürfen. Sie zeigten die schlecht verheilten Spuren eines Furunkels, die vom Knüppel eines SS-Mannes oder eines irregeleiteten Kapos verursachten Blutergüsse; sie zeigten auch Finger, die sie sich aus Ungeschick mit dem Hammer oder der Zange zerquetscht hatten, weil sie keine Handarbeiter waren, sondern, wer weiß?, Universitätsprofessoren.
Das reichte nicht aus: ihre vorübergehende Arbeitsunfähigkeit war nicht augenfällig.
Die jungen russischen Krankenwärter urteilten anhand von Beweisstücken: also nach dem Augenschein. Sie waren nicht dazu da, sich die tieferen Beschwerden dieser ver-

zweifelten Männer anzuhören. War es vorstellbar, daß einer dieser jungen Russen einen Augenblick innehielte, blindlings nach rechts oder links zu schlagen, um einen Anschein von Ordnung aufrechtzuerhalten, und ihrem Anliegen Aufmerksamkeit schenkte, das sich unter diesen Bedingungen brutalen Gedränges ohnehin nicht formulieren ließ?

Was sie, in aller Eile, in dem primitiven Kauderwelsch des gemeinsamen Idioms, zu sagen hatten, war zu vage und gleichzeitig zu maßlos. Also buchstäblich nicht anzuhören. Sie zeigten auf ihre zerquetschten Finger oder ihre infolge anhaltender Furunkulose noch eiternde Achselhöhle, doch der ganze Körper tat ihnen weh: ihr ganzer Körper lehnte das Hindernis des Lebens ab, seine Schwierigkeit, er war es, der genug hatte, der um Gnade flehte. Ein oder zwei Tage *Schonung* bedeutete für sie so viel, wie beim Ertrinken den Kopf aus dem Wasser zu strecken. Nur einmal Luft zu schnappen, in einer sonnigen Landschaft neue Kraft zu schöpfen, um weiter gegen die reißende Strömung ankämpfen zu können. Ein Tag *Schonung* – auch wenn sie kein Deutsch konnten, wenn sie die lexikalischen Konnotationen des Wortes nicht auszukosten vermochten – bedeutete ein paar zusätzliche Stunden Schlaf, eine erhöhte Lebenschance. Denn die meisten Toten der Konzentrationslager – damit meine ich natürlich nicht die Lager in Polen mit ihren Selektionen und Gaskammern, die vor allem für die Vernichtung des jüdischen Volks programmiert waren –, die meisten dieser Toten also, die Zehntausende von politischen Toten, Widerstandskämpfern aus allen Ländern Europas, Maquisarden aller Wälder, aller Berge, fielen nicht den Prügeln, den Hinrichtungen, der Folter zum Opfer: die meisten starben an Erschöpfung, der jähen Unmöglichkeit, eine zunehmende

Lebensmüdigkeit zu überwinden, ermattet von der Ermattung, der langsamen Zerstörung all ihrer Reserven an Energie und Hoffnung.

Ich hatte mich der Tür des *Reviers* genähert, in der Hoffnung, Kaminskys Gestalt hinter der Barriere zu erblicken, die die russischen Krankenwärter bildeten. Ich hatte keine Lust, mich mit ihnen auseinanderzusetzen, um eintreten zu dürfen.
Kaminsky war da, natürlich.
Er hat mich gesehen, hat mich mit einer Handbewegung einem der jungen Russen gezeigt, mit dem er gerade sprach.
Der Russe drängt die Menschenmenge beiseite, die mich von ihm trennt, und brüllt, man solle mich durchlassen. Die Deportierten machen tatsächlich Platz, ich gehe hindurch. Plötzlich sehe ich seinen Blick, der sich auf meine Häftlingsnummer und das darauf angebrachte S heftet. Als ich an ihm vorbeigehe, sagt der junge Krankenwärter mit leiser Stimme auf deutsch:
– *Der Akkordeonspieler ist da drinnen*!
Mit einer Kopfbewegung deutet er auf das Innere der Baracke.
Der Akkordeonspieler? Wenn er diese Geschichte kennt, dann beweist das, daß er zu Nikolais Gang gehört.
Wie dem auch sei, ich stehe neben Kaminsky, als ich höre, daß man mich ruft.
– Gérard. Gérard! sagt die Stimme.
Ich drehe mich um.
In der ersten Reihe der Deportierten, die sich am Eingang der Konsultationsbaracke drängen, befindet sich ein Franzose. Da er mich Gérard nennt, könnte er ein Parteigenosse sein. Aber er ist kein Parteigenosse, ich kenne deren

Gesichter. Zumindest die Gesichter all derer, die mich Gérard rufen können, die dieses Pseudonym der Résistance kennen. Aber er kann auch jemand sein, der mich aus der Résistance kennt, selbst wenn er nicht in der Partei ist. Aus Joigny? Aus dem Maquis des Tabu? Aus dem Gefängnis von Auxerre? Ich erkenne ihn nicht gleich, aber ich kreise sein Bild ungefähr ein: ich muß ihn eher im Gefängnis von Auxerre kennengelernt haben. Genau, es ist Olivier, der große magere Olivier aus dem Gefängnis von Auxerre, der in die Geschichte der Brüder Horteur verwickelt war.

Ich nähere mich ihm, Kaminsky wird unruhig, sagt aber nichts, läßt mich gehen.

– Olivier! sage ich zu ihm.

Er zittert vor Freude, sein Gesicht leuchtet auf. Sein wundes, gealtertes, verwüstetes, vom Leben zerstörtes Gesicht. Denn es ist das Leben, dieses Leben hier, unser Leben, das die Arbeit des Todes verrichtet.

– Du hast mich wiedererkannt? ruft er aus.

Nein, ich habe ihn nicht wiedererkannt. Er ist nicht wiederzuerkennen. Ich habe ihn eingekreist, habe ihn berechnet, habe ihn rekonstruiert. Olivier Cretté, Autoschlosser in einer Werkstatt in Villeneuve-sur-Yonne, aus der Gruppe der Brüder Horteur. Ich war in Auxerre, im Gefängnis von Auxerre, als sie einen der Brüder Horteur erschossen haben. Die gesamte deutsche Abteilung des Gefängnisses von Auxerre brüllte antifaschistische und patriotische Losungen, sang die *Marseillaise*, um dem jüngsten der Brüder Horteur Lebewohl zu sagen: ein unbeschreiblicher Krach, Schreie, Lieder, Schläge mit den Blechnäpfen gegen die Gitterstäbe.

Nein, ich habe ihn nicht wiedererkannt. Aber ich kann ihm nicht sagen, daß er unkenntlich ist.

– Natürlich, sage ich zu ihm. Olivier Cretté, Autoschlosser.
Der Kerl könnte darüber heulen. Vor Freude natürlich. Vor Freude, nicht mehr allein zu sein.
Ich wende mich an Kaminsky. Hier, mein Kumpel, *Reichsdeutscher*, mit seiner Armbinde des *Lagerschutzes* ist er die Autorität, die verkörperte Macht. Ich wende mich auf spanisch an ihn.
– *Aquel francès*, sage ich zu ihm, *que entre. Le conozco: resistente.*
Dieser Franzose hier soll reinkommen. Ich kenne ihn: Widerstandskämpfer.
– *Aquel viejito*?
Dieser kleine Alte? fragt er. Aber ja, dieser kleine Alte, Olivier Cretté, Autoschlosser, höchstens dreißig Jahre alt.
Kaminsky gibt ein paar kurze Befehle. Auf russisch, um die Sache zu beschleunigen. Im übrigen hat er mehrmals das Wort *bistro*! gesagt. Der junge Russe, der bestimmt zu Nikolais Gang gehört, läßt Olivier die letzte Barriere passieren, die ihn von der medizinischen Konsultation trennt.
– Danke, Alter! sagt dieser zu mir.
Aufmerksam betrachtet er meine Nummer, den Buchstaben der nationalen Identität.
– Du bist Spanier? Das wußte ich nicht... Jedenfalls bist du ein hohes Tier.
Er nickt.
– Ja, ich kann es dir sagen: das wundert mich nicht!
Ein Rätsel. Aber ich habe keine Zeit, es zu lösen. Übrigens auch keine Lust. Kaminsky wird ungeduldig.
– Was hast du? frage ich ihn.
– Dünnschiß. Ich ende in der Scheiße... Ich kann nicht mehr!

– Wo arbeitest du?
– Mal hier, mal da, kleine Arbeiten! Je nachdem, was so anfällt, bei den Kapos, morgens auf dem Appellplatz...
– Bist du nicht Autoschlosser?
– Doch, sagt er. Wen interessiert das?
– Mich, sage ich.
Er macht große Augen.
– Laß dich behandeln. Und suche mich dann in der *Arbeit* auf, ich arbeite dort. Egal an welchem Tag, kurz vor oder nach dem Abendappell!
– Und ich frage nach Gérard?
– Wenn du auf einen Franzosen triffst, fragst du nach Gérard; sonst fragst du nach dem Spanier. Jedenfalls ist es ganz einfach, ich bin da, du wirst mich sehen!
Aber Kaminsky hat genug. Er packt Olivier am Arm und führt ihn zur Konsultation. Um bis zum Schluß korrekt zu sein, schiebt er Olivier immerhin in die Warteschlange des deportierten französischen Arztes, der heute Dienst hat. So wird er sich richtig aussprechen können.

Kaminsky hat mich zuerst zum Kapo des Krankenbaus geführt, zu Ernst Busse, einem deutschen Kommunisten. Einem der ältesten kommunistischen Veteranen von Buchenwald, meinte ich zu verstehen.
Massig, kahlgeschoren, mit eckigem Kinn, war Busse bestimmt kein Schwächling. Ich hatte ihn bereits in der *Arbeit* gesehen, Seifert aufsuchend. Sein Blick war unvergeßlich: soviel entschlossene, verzweifelte Kälte; soviel eisige Schärfe.
Er hat keine Zeit für Höflichkeitsfloskeln.
– Wir werden dich im Saal der Hoffnungslosen unterbringen, sagt er zu mir. Neben deiner künftigen Leiche.

Er deutet eine Handbewegung an, wie um sich für seine Ausdrucksweise zu entschuldigen. Aber ich habe verstanden, er sieht, daß ich verstanden habe, er fährt fort.
– Übrigens: *Mit der Glückshaube bist du geboren*!
Ich stelle fest, daß die deutsche Redewendung der französischen entspricht. Ich meine zwar noch immer, daß die spanische »Blume im Arsch« zur Bezeichnung des Glücks amüsanter ist. Aber ich weiß noch nicht, daß es auch französische Redensarten gibt, in denen der Arsch vorkommt. Die sich um den Arsch drehen. In Buchenwald selbst sollte mir Fernand Barizon, ein kommunistischer Kumpel, Metallarbeiter und ehemaliges Mitglied der Internationalen Brigaden, solche Ausdrücke beibringen. Später, sehr viel später wird eine Frau, eine sehr schöne Frau – die einzige, die ich kenne, die noch ganz natürlich, ohne Getue und Ziererei, das volkstümliche Pariserisch spricht, ein erfinderisches Idiom voller Humor und Sprachschöpfungen –, in meiner Gegenwart diese das Glück bezeichnenden Redewendungen benutzen: »Dein Arsch ist mit Medaillen gesäumt!«, oder, noch befremdlicher, auch ordinärer, »dein Arsch ist mit Nudeln gesäumt!«
Wie dem auch sei, im Büro von Busse, im *Revier* von Buchenwald, habe ich weder die Zeit noch die Möglichkeit, mich Abschweifungen in vergleichender Linguistik hinzugeben.
Busse fährt fort.
– Der junge Franzose wird diese Nacht nicht überleben! Morgen früh haben wir noch Zeit, je nach den Nachrichten aus Berlin, den Toten mit seinem Namen oder dem deinen zu registrieren …
Das alles weiß ich schon, Kaminsky hat es mir erklärt. Sicher will Ernst Busse die Rolle hervorheben, die er in dieser Sache spielt.

– Der einzige Ärger, den es heute nacht möglicherweise geben kann, fügt er hinzu, ist eine SS-Streife im *Revier*. Sie feiern den Geburtstag eines ihrer Ärzte. Sie werden sich vollaufen lassen. Und in solchen Fällen unternehmen sie manchmal aufs Geratewohl Inspektionen, gleich, um welche Uhrzeit ... Es macht ihnen Spaß, einen Saustall zu hinterlassen. Sollte das passieren, dann kriegst du eine Spritze. Keine Bange, du wirst bloß mordsmäßiges Fieber haben, das ist alles. Morgen wirst du zwar nicht frisch sein, aber lebendig.
Er sieht mich an.
– Du bist nicht dick, zugegeben, aber wie ein Sterbender siehst du nicht aus, überhaupt nicht ... Besser, du delirierst ein bißchen, notfalls ... Sollten sie kommen, dann werden wir ihnen sagen, daß wir in deinem Fall eine Infektionskrankheit befürchten. Sie haben eine Heidenangst vor Infektionskrankheiten ...
Das ist alles, er macht eine Abschiedsgeste. Kaminsky bringt mich aus dem Büro, begleitet mich auf den Korridoren des *Reviers*.
– Dein alter Franzose von vorhin, sagt er plötzlich, es war zwecklos ... Er macht es nicht mehr lang!
Zweifellos hat er recht, aber es stinkt mir, daß er es mir sagt.
– Erstens ist er nicht alt! Und außerdem weiß man nie.
Kaminsky zuckt die Achseln.
– Doch, man weiß es, man weiß es nur allzu gut ... Hast du seinen Blick gesehen? Er ist im Begriff, aufzugeben.
Der Blick, in der Tat.
Am Blick bemerkt man die plötzliche Veränderung, den Riß, wenn das Elend einen Punkt erreicht, an dem es keine Umkehr mehr gibt. An dem jäh erloschenen, starren, gleichgültigen Blick. Wenn der Blick nicht mehr der wenn auch

schmerzliche, angstvolle Beweis einer Anwesenheit ist; wenn er nur noch ein Zeichen der Abwesenheit von sich und der Welt ist. Dann erkennt man in der Tat, daß der Mann im Begriff ist, loszulassen, aufzugeben, als hätte es keinen Sinn mehr, sich ans Leben zu klammern; dann begreift man an der Abwesenheit, auf die der Blick sich beschränkt, ein Blick, den man vielleicht als lebhaft, neugierig, entrüstet, belustigt gekannt hat, dann begreift man, daß der unbekannte, anonyme Mann oder ein Kamerad, dessen persönliche Geschichte man kennt, im Begriff ist, dem Taumel des Nichts, der versteinernden Faszination der Medusa zu erliegen.

– Zwecklos, wiederholt Kaminsky.

Es geht mir auf den Geist, daß er mir das sagt. Sicher hat er recht, aber es geht mir auf den Geist.

– Nicht für mich, sage ich schlecht gelaunt.

Er bleibt stehen und starrt mich an, mit gerunzelten Brauen.

– Was meinst du damit?

– Damit meine ich, was ich sage, sage ich. Daß es für mich nicht zwecklos ist, ihm zu Hilfe zu kommen, und sei es auf so minimale, lächerliche Weise.

– Du fühlst dich dann besser, ist es das? Du fühlst dich sogar als besserer Mensch?

– Das ist es nicht. Und selbst wenn es so wäre, ist das etwa verboten?

– Es ist nicht verboten, es ist zwecklos! Ein kleinbürgerlicher Luxus!

Er hat nicht *kleinbürgerlich* gesagt, sondern schlimmer. Er hat *spießbürgerlich* gesagt, das verschärft die Konnotationen der Kleinlichkeit, Engstirnigkeit und Selbstgefälligkeit, die man dem Adjektiv »kleinbürgerlich« im allgemeinen beimißt.

Ich weiß, was er sagen will, wir haben schon einmal darüber diskutiert. Sich selbst eine Freude zu bereiten, indem man eine Geste macht, und sei es, um Gutes zu tun, ist für ihn lachhaft, es zählt nicht. Wenn es hier eine Moral gibt, dann nicht die des Erbarmens, des Mitgefühls, und noch weniger denn je eine individuelle Moral. Sondern nur die Moral der Solidarität. Eine Solidarität des Widerstands natürlich: eine zwar vorläufige, aber zwingende Moral des kollektiven Widerstands. Die unter anderen historischen Bedingungen nicht anwendbar, in Buchenwald aber notwendig ist.

– Hast du, seit du hier bist, frage ich ihn, noch nie dein Stück Brot mit einem Kameraden geteilt, für den es schon zu spät war? Hast du noch nie eine Geste gemacht, die für das Überleben des anderen zwecklos war?

Er zuckt die Achseln: natürlich war das vorgekommen!

– Es war eine andere Zeit ... Da hatten die »grünen Dreiecke«, die Kriminellen, das Kommando, wir hatten noch nicht die Widerstandsstrukturen von heute. Da war die individuelle Handlung, das individuelle Beispiel entscheidend ...

Ich unterbreche ihn.

– Die Strukturen, von denen du sprichst, sind illegal ... Ihre Wirkung ist, so wichtig sie sein mag, nicht immer sichtbar; die meisten Deportierten wissen nichts davon oder interpretieren sie falsch. Sichtbar dagegen ist euer besonderer Status, sind eure Privilegien als *Prominente* ... Eine nette zwecklose Geste von Zeit zu Zeit würde nicht schaden ...

Aber es sieht so aus, als seien wir am Ende der Korridore des *Reviers* angekommen. Er deutet auf eine Tür.

– Da ist es, man erwartet dich.

Er drückt mir den Arm.

– Die Nacht wird lang sein unter all diesen Sterbenden und Leichen ... Und außerdem stinkt es, nach Scheiße und Tod ... Woran wirst du denken, um dich zu zerstreuen? Das ist nicht wirklich eine Frage. Es ist eine Art, auf Wiedersehen zu sagen. Ich betrete den Raum des *Reviers*, in dem man mich erwartet.

Man hat mich meine Klamotten in einer Art Kleiderablage verstauen lassen, im Tausch gegen ein zu enges, kragenloses Hemd aus rauhem Leinen, das zu kurz ist, um meine Scham zu verbergen, wie ich, wörtlich aus dem Spanischen übersetzt, sagen würde (anders gesagt meine Geschlechtsteile).
Man hat mich neben den Sterbenden gelegt, dessen Platz ich gegebenenfalls einnehmen sollte.
Ich werde mit seinem Namen leben, er wird mit dem meinen sterben. Kurz, er wird mir seinen Tod schenken, damit ich weiterleben kann. Wir werden unsere Namen tauschen, das ist keine Kleinigkeit. Mit meinem Namen wird er in Rauch aufgehen; mit dem seinen werde ich überleben, möglicherweise.
Und es überläuft mich kalt – es könnte mich auch zum Lachen bringen, einem krampfhaften, irren Lachen –, zu wissen, welchen Namen ich tragen werde für den Fall, daß die Anfrage aus Berlin wirklich beunruhigend wäre.
Kaum lag ich auf der Bettstelle, neben dem passenden Toten, wie Kaminsky heute morgen sagte, einem Toten, der im übrigen nur ein Sterbender war, wollte ich begreiflicherweise sein Gesicht sehen. Eine legitime Neugier, wie man einräumen wird.
Aber er wandte mir den Rücken zu, mager und nackt – wahrscheinlich zog man denen, die sich schon jenseits des Lebens befanden, das rauhe Leinenhemd aus –, ein Skelett,

mit einer grauen faltigen Haut überzogen, Schenkel und Hintern gebräunt von einer Schicht getrockneter, aber noch immer stinkender fäkalen Flüssigkeit.

Langsam habe ich seinen Körper halb zu mir umgedreht.

Ich hätte darauf gefaßt sein müssen.

»In deinem Alter, von ein paar Wochen abgesehen«, hatte Kaminsky gesagt, heute morgen, als er mir von dem Toten erzählte, den sie gefunden hatten und der genau zu mir paßte. »Ein unerhörtes Glück, Student wie du, überdies Pariser!«

Ich hätte daran denken müssen. Es war zu schön, um wahrscheinlich zu sein, aber es stimmte.

Ich lag neben dem jungen französischen Muselmann, der seit zwei Sonntagen aus der Baracke der Gemeinschaftslatrinen verschwunden war, wo ich ihn getroffen hatte. Ich lag neben François L.

Am Ende hatte ich seinen Namen erfahren, er hatte ihn mir gesagt. Und das ließ mich mit den Zähnen knirschen, in einem entsetzten Gelächter.

Denn François, im selben Transport wie ich aus Compiègne in Buchenwald eingetroffen, nur wenige Nummern nach der meinen im Lager eingetragen, war der zwar revoltierende und verstoßene, aber dennoch der Sohn eines der aktivsten und übelsten Führers der französischen Miliz.

Gegebenenfalls also würde ich den Namen eines nazifreundlichen Milizangehörigen tragen müssen, um zu überleben.

Ich habe seinen Körper umgedreht, damit ich ihn anschauen konnte, damit er mir sein Gesicht zeige.

Nicht nur, um seinen mit flüssiger, jetzt getrockneter Scheiße besudelten Unterleib nicht mehr sehen zu müssen. Auch um die möglichen Zuckungen des Lebens zu erspä-

hen, falls man diesen kurzen, fast unmerklichen Atem so nennen konnte, dieses unsichere Pochen des Bluts, diese krampfhaften Bewegungen.
Um seine letzten Worte zu hören, sollte es denn letzte Worte geben.
Neben ihm liegend habe ich auf diesem Gesicht nach den letzten Lebenszeichen gespäht.
In *L'espoir*, dem Buch, das ich in den letzten Wochen vor meiner Verhaftung bei mir trug, um einige Seiten daraus wiederzulesen, hatte mich eine Episode besonders beeindruckt.
Von einem frankistischen Jagdbomber getroffen, kehrt ein Flugzeug des internationalen Geschwaders, das André Malraux ins Leben gerufen hatte und befehligte, brennend zur Basis zurück. Es gelingt ihm zu landen, von den Flammen verschlungen. Aus den Trümmern der Maschine zieht man Verwundete und Tote. Unter letzteren auch die Leiche von Marcelino. Da er »von einer Kugel in den Nakken getötet worden war, zeigte er kaum blutige Spuren«, schreibt Malraux. »Trotz der tragischen Starre seiner Augen, die noch keiner zugedrückt hatte, trotz der unheimlichen Beleuchtung war sein Antlitz schön.«
Marcelinos Leichnam liegt auf einem Tisch in der Bar des Flughafens. Eine der spanischen Kellnerinnen betrachtet ihn und sagt: »Erst nach einer Stunde kann man die Seele sehen.« Und wenige Zeilen danach schließt Malraux: »Erst eine Stunde nach dem Tod kommt aus der Maske des Menschengesichts das wahre Antlitz hervor.«
Ich betrachtete François L., und ich dachte an diese Seite aus *L'espoir*.
Seine Seele hatte ihn bereits verlassen, dessen war ich sicher. Sein wahres Antlitz war bereits zerfallen, zerstört, nie wieder würde es aus dieser schaurigen Maske hervor-

kommen. Die nicht tragisch war, sondern obszön. Keine Heiterkeit würde mehr die eingesunkenen, verwüsteten Züge des Gesichts von François mildern können. Keine Ruhe war mehr denkbar in diesem verstörten, entgeisterten Blick voll sinnlosen Zorns. François war noch nicht tot, aber er war schon verlassen.
Von wem, Herrgott? War es seine Seele, die diesen gemarterten, besudelten Körper verlassen hatte, dieses schmächtige Gerippe, brüchig wie totes Holz, das bald in einem Ofen des Krematoriums verbrennen würde? Wer aber hatte diese stolze, edle, von Gerechtigkeit durchdrungene Seele verlassen?
Als die Gestapo ihn verhaftet und identifiziert hatte, so hatte mir François erzählt, hatten die deutschen Polizisten seinen Vater, einen treuen Verbündeten und effizienten Mitarbeiter am Werk der Unterdrückung, gefragt, wie er wünsche, daß man mit ihm verfahren solle. Ihn verschonen? Sie waren bereit, eine Ausnahme zu machen. »Man soll ihn behandeln wie die anderen, wie jeden anderen Feind, ohne besondere Schonung«, hatte der Vater geantwortet, ein Doktor der Literatur, vernarrt in die klassische Kultur und die schöne französische Prosa. »Irre, wie die Vollkommenheit der Prosa die Leute der Rechten anzieht!« hatte François während unseres Gesprächs in der Baracke der Gemeinschaftslatrinen lachend gesagt. Unseres einzigen und endlosen Gesprächs. Er hatte mir an jenem Tag von Jacques Chardonne erzählt, von dessen Anwesenheit auf einem Schriftstellerkongreß in Weimar, vor zwei Jahren, unter dem Vorsitz von Joseph Goebbels. »Hast du die Texte von Chardonne in der *NRF* nicht gelesen?« hatte mich François gefragt.
Nein, ich hatte sie nicht gelesen, jedenfalls nicht behalten.
Als Anhänger von Maurras und aufgeklärter Antisemit –

das heißt, man täusche sich nicht, einer, der lieber Voltaire als Céline zitierte, wenn er die »Bösartigkeit der dem Wesen nach entwurzelten Juden« anprangerte, die »keines patriotischen Gefühls fähig sind und das Goldene Kalb anbeten«: so lauteten die stereotypen Schlagworte – hatte sich François' Vater infolge der Niederlage von 1940 in einen nazifreundlichen Aktivismus gestürzt, genährt von verzweifelter Verwirrung und antibürgerlichem Nihilismus.
Aus dem Mann der Kultur war ein leidenschaftlicher Mann des Kriegs geworden. Wenn man schon kämpfen mußte, tat man es besser an vorderster Front, mit der Waffe in der Hand, in der Miliz von Darnand.
»Man soll ihn behandeln wie die anderen, wie jeden anderen Feind«, hatte sein Vater den Gestapo-Leuten gesagt. Wahrscheinlich wähnte er sich damit in der moralischen Tradition der Stoiker.
Die Nazipolizisten hatten François also verhört wie die anderen, alle anderen: schonungslos, in der Tat.
Ich betrachtete François L., ich dachte, daß ich nie sehen würde, wie seine Seele, sein wahres Antlitz hervorkommt. Es war schon zu spät. Ich begann zu begreifen, daß der Tod der Lager, der Tod der Deportierten einzigartig ist. Er ist nicht, wie jeder andere Tod, wie alle Tode, seien sie gewaltsam oder natürlich, das trostlose oder tröstliche Zeichen einer unabwendbaren Endlichkeit; er kommt nicht, um im Laufe des Lebens, in dessen Bewegung, ein Leben zu beschließen. In gewisser Weise konnte dieses Ende bei allen anderen Toden den Anschein von Ruhe, von Heiterkeit auf dem Gesicht des Verblichenen aufscheinen lassen.
Der Tod der Deportierten eröffnet nicht die Möglichkeit, daß man die Seele, das wahre Antlitz hervortreten sieht

hinter der gesellschaftlichen Maske des Lebens, das man sich geschaffen und das einen abgeschafft hat. Er ist nicht länger die Antwort des Menschengeschlechts auf das Problem des individuellen Schicksals: eine für jeden einzelnen Menschen zwar beängstigende oder empörende, für die Menschheit insgesamt, als Gattung, jedoch verständliche Antwort. Weil der Gattung das Bewußtsein ihrer Endlichkeit insofern innewohnt, als es menschlich ist, sich darin von jeder Tiergattung unterscheidet. Weil das Bewußtsein dieser Endlichkeit sie als Menschengattung konstituiert. Denn kann man sich den Greuel einer Menschheit vorstellen, die ihrer wesentlichen Endlichkeit beraubt und zur prätentiösen Angst vor der Unsterblichkeit verurteilt wäre?

Der Tod der Deportierten – der von François, in diesem Augenblick, vor meinen Augen, in Reichweite meiner Hand – eröffnet dagegen eine unendliche Frage. Selbst wenn er fast die Form eines natürlichen Todes durch Erschöpfung der Lebenskräfte annimmt, ist er in skandalöser Weise einzigartig: er stellt jedes Wissen und jede Weisheit über ihn radikal in Frage.

Man braucht nur, auch heute noch, so viele Jahre später, ein halbes Jahrhundert später, die Photographien zu betrachten, die von ihm zeugen, um festzustellen, in welchem Maße die absolute, frenetische Frage nach diesem Tod ohne Antwort geblieben ist.

Ich betrachtete das Gesicht von François L., auf dem man, eine Stunde nach seinem Tod, die Seele nicht mehr würde hervorkommen sehen. Weder nach einer Stunde, noch jemals. Die Seele, das heißt die Neugier, die Lust an den Gefahren des Lebens, die Großherzigkeit des Mitseins, des Fürseins, kurz die Fähigkeit, ein anderer zu sein, durch Wünsche und Pläne sich selbst vorauszueilen, aber auch die Fähigkeit, im Gedächtnis, in der Verwurzelung, der Zugehörigkeit fortzuleben; die Seele, ein zweifellos wohlfeiles, allzu bequemes, aber dennoch klares Wort, die Seele hatte den Körper von François seit langem verlassen, sich von seinem Gesicht gelöst, seinen Blick geleert, als sie fortging.

Der Wind hat mir ein Lied erzählt …

Die Stimme von Zarah Leander, von neuem. Ihre rauhe, dunkle, sinnliche Stimme.

Zu Beginn des Nachmittags, nach dem Sonntagsappell, vorhin, hat sie plötzlich, gleich dem Wasser eines murmelnden Bachs, den Tagesraum des C-Flügels von Block 40 überflutet.

»Überflutet« ist vielleicht nicht das passende Verb: zu grob. Die Stimme hat den Raum vielmehr besetzt, durchtränkt, gesättigt. Alle sind verstummt, um dieser Stimme Zeit zu lassen, sich in unserem Leben einzunisten, sich unserer Erinnerungen zu bemächtigen.

Jetzt erklingt sie, von neuem.

Der Wind hat mir ein Lied erzählt
von einem Glück unsagbar schön …

Es waren nicht dieselben Worte wie vorhin. Aber es war dasselbe Lied, dieselbe Liebe, dieselbe Traurigkeit: das Leben. Das wahre Leben von draußen, von vorher, diese Leichtigkeit, diese betrübliche, kostbare Flüchtigkeit des früheren Lebens.

Vorhin war Sebastián Manglano zum Schlafraum gerannt, zur sonntäglichen köstlichen Einsamkeit der großen Masturbation, der *gran paja*.

Er lachte schallend, schon im voraus.

Im Augenblick, so muß ich gestehen, geilt mich Zarah Leander nicht auf. Zweifellos wird man mir mildernde Umstände zubilligen.

Ich frage mich, während ich mich von dieser prachtvollen

sanften und seidigen Stimme überspülen lasse, wie Sebastián Manglano in einer solchen Situation wohl reagieren würde.

Beim Aufwachen hielt er mich regelmäßig über die Geschicke seines *Alejandro Magno* auf dem laufenden.

Immer im Waschraum, bei der morgendlichen Toilette.

Wir hatten uns aus Überlebensdisziplin angewöhnt, beim ersten Pfiff aufzustehen, mit nacktem Oberkörper und bloßen Füßen in den Waschraum zu rennen, vor dem Ansturm der aufgewachten Deportierten. Das Wasser war eisig und der Seifenersatz ungeeignet für eine wirksame Reinigung, aber es war ein unbedingt einzuhaltendes Ritual. Man mußte sich mit kaltem Wasser und sandiger Seife abschrubben, das Gesicht und den Oberkörper, die Achselhöhlen, die Hoden und die Füße. Lange und kräftig, bis die Haut von den schmutzigen Gerüchen der Nacht, der drangvollen Enge abgewaschen war, bis sie sich rötete.

Hätten wir mit diesen allmorgendlichen Verrichtungen aufgehört, diesen völlig gedankenlosen Gesten, so wäre dies der Anfang vom Ende gewesen, der Beginn der Selbstaufgabe, das erste Anzeichen einer angekündigten Niederlage.

Wenn man merkte, daß ein Kumpel es unterließ, seine morgendliche Toilette zu machen und daß überdies sein Blick erlosch, mußte man sofort eingreifen. Mit ihm sprechen, ihn zum Sprechen bringen, dafür sorgen, daß er sich von neuem für die Welt, für sich selbst interessierte. Denn das Interesse an sich, die Liebe zu sich, einer bestimmten Idee von sich zu verlieren war der erste Schritt auf dem Weg der Selbstaufgabe.

Wenn ich allein war, wenn Manglano, mein Bettgenosse, am Band der Gustloff Nachtschicht hatte, rannte ich beim ersten Pfiff in den Waschraum und beim ersten Gebrüll des *Stubendiensts* in den Schlafraum.

An solchen Tagen sagte ich mir französische Gedichte auf. Die besonders willkommenen Verse von Rimbaud, *A quatre heures du matin l'été/le sommeil d'amour dure encore ...*, befriedigten meinen eingefleischten Hang zum Spott (»Im Sommer, morgens um vier Uhr/Die Liebe noch im Schlummer liegt ...«)

Natürlich weiß ich nicht, was Manglano tat, wenn er allein war und ich in der *Arbeit* Nachtschicht hatte. Aber wenn wir gemeinsam aufwachten, weil unsere Arbeitszeiten übereinstimmten, rannten wir zusammen zum Waschraum. An diesen Tagen sagten wir lauthals spanische Gedichte aus dem Bürgerkrieg auf, Gedichte von Rafael Alberti, César Vallejo, Miguel Hernández. Das war ein wirksames Mittel, sich Mut zu machen für einen weiteren Tag des Hungers und der Agonie. Auch des Zorns: Zorn hält warm.

Regelmäßig also hielt mich Manglano über den Zustand seines Alexanders auf dem laufenden. An den Tagen, an denen er mir gestand, er habe äußerst präzise erotische Träume gehabt, die ihn hätten steif werden lassen, neckte ich ihn, indem ich sagte, davon hätte ich trotz dem engen Beieinander nichts bemerkt. Er empörte sich, duldete nicht, daß man seine triumphierende Männlichkeit in Zweifel zog. »Wenn er mir beim nächsten Mal steht«, rief er aus, »wecke ich dich und du lutschst ihn mir!« *Te despierto y me la chupas!* »Träum nicht«, erwiderte ich, »dieses Glück wirst du nicht haben!« *Ni soñarlo: no te caerá esa breva!* Kurzum, beide versuchten wir, unseren Tag in der bestmöglichen Stimmung zu beginnen.

Der Wind hat mir ein Lied erzählt
von einem Herzen, das mir fehlt ...

Neben François L. liegend bereitete ich mich darauf vor, diese Nacht, die die Nacht meines Todes sein konnte, zu überleben. Ich meine meines offiziellen, verwaltungstechnischen Todes, der das Verschwinden meines Namens zur Folge hätte. Natürlich ein vorübergehendes Verschwinden. Es war ziemlich verwirrend, an die Auferstehung, die Wiederkehr meiner Identität zu denken, nachdem ich diejenige von François würde usurpiert haben.

Gewöhnlich, wenn wir uns nur zu zweit eine Bettstatt teilten (im Kleinen Lager, in den Sterbebaracken der Invaliden und Muselmänner, teilten sich manchmal drei oder vier einen einzigen Strohsack), legten wir uns Kopf bei Fuß hin. In dieser Position konnten sich die Körper besser einander anpassen, man gewann Platz.

Doch im *Revier* habe ich mich in dieselbe Richtung wie François gelegt, um sein Gesicht sehen zu können. Um auf seinem Gesicht die Zeichen des Lebens und des Todes erspähen zu können.

Er war mit demselben Transport aus Compiègne nach Buchenwald gekommen wie ich. Vielleicht im selben Waggon, das war nicht ausgeschlossen. Jedenfalls ähnelte die Geschichte dieser Reise, die er mit erzählt hatte, der meinen. Was freilich nicht verwunderlich war, da alle unsere Geschichten einander ähnelten. Wir alle hatten dieselbe Reise gemacht.

Er war der einzige seiner Gruppe im Zug, hatte er mir gesagt.

Die Kameraden seines Netzes waren zum größten Teil erschossen worden. Einer von ihnen, sein vertrautester Freund, war unter der Folter gestorben. In Compiègne war er allein. Allein auch im Zug nach Weimar. Die Gerüchte des letzten Tags im Lager von Royallieu hatten ihm eingeflüstert, daß man Glück habe: unser Bestimmungsort sei ein Forstlager, sehr gesund. Im übrigen sagte das ja sein Name: »Buchenwald.«

»Wenn ich durchhalte«, hatte er mir in den Latrinen gesagt, »wenn ich davonkomme, werde ich bestimmt etwas darüber schreiben. Seit einiger Zeit ist das ein Gedanke, diese Absicht zu schreiben, der mir Kraft zu geben scheint. Aber wenn ich einmal schreiben sollte, werde ich in meinem Bericht nicht allein sein, ich werde mir einen Reisegefährten erfinden. Jemand, mit dem ich reden kann nach so vielen Wochen des Schweigens und der Einsamkeit. Einzelhaft oder Verhöre: das war mein Leben in den letzten Monaten!«

»Wenn ich es überstehe und schreibe, dann werde ich dich in meinen Bericht aufnehmen«, sagte er. »Darf ich?« – »Aber du weißt doch nichts von mir!« sagte ich. »Wozu werde ich in deiner Geschichte denn gut sein?« Er wisse genug, versicherte er, um eine fiktive Figur aus mir zu machen. »Denn du wirst eine fiktive Figur werden, mein Alter, auch wenn ich nichts erfinde!«

Fünfzehn Jahre später, in Madrid, in einer illegalen Wohnung, sollte ich seinen Rat befolgen, als ich begann, *Die große Reise* zu schreiben. Ich erfand den Jungen aus Semur, damit er mit im Waggon Gesellschaft leiste. In der Fiktion haben wir diese Reise gemeinsam gemacht, in der Wirklichkeit habe ich auf diese Weise meine Einsamkeit ausgelöscht. Wozu Bücher schreiben, wenn man die Wahrheit nicht erfindet? Oder, noch besser, die Wahrscheinlichkeit?

Jedenfalls waren wir gemeinsam in Buchenwald angekommen, François und ich.

Gemeinsam, in derselben Menschenmenge, die der Zufall im Duschraum zusammengetrieben hatte, hatten wir die Initiationsprüfungen der Desinfektion, der Rasur, der Einkleidung über uns ergehen lassen.

Auf die Schnelle mit den Lumpen bekleidet, die man uns entlang der Theke der *Effektenkammer* zuwarf, waren wir, wie unsere Erkennungsnummern bezeugten, ziemlich dicht beieinander gewesen vor den deutschen Häftlingen, die unsere Personalkarten anlegten.

In der Latrinenbaracke des Kleinen Lagers hatte François an jenem Dezembersonntag, an dem die Amerikaner sich in den Ruinen von Bastogne festsetzten, meine Unterredung mit dem anonymen, unbekannten deutschen kommunistischen Veteran sehr goutiert, der mich nicht als *Philosophiestudent* hatte eintragen wollen. »Das ist hier *kein Beruf*«, hatte er gesagt. Und ich, in der dämlichen Arroganz meiner zwanzig Jahre, stolz auf meine Kenntnis der deutschen Sprache, ich hatte ihm von oben herab geantwortet: *»Kein Beruf, aber eine Berufung!«* Des Streits müde, so hatte ich François erzählt, hatte mich der deutsche Häftling, als er sah, daß ich nicht begreifen wollte, mit einer ungehaltenen Handbewegung weggeschickt. Und zweifellos hatte er auf seiner alten Schreibmaschine *Philosophiestudent* getippt.

François gefiel die Anekdote.

Er jedenfalls hatte auf die rituelle Frage nach seinem Beruf oder seinem Handwerk *Student* geantwortet. Student, sonst nichts, ohne die Art seines Studiums zu präzisieren.

»Latinist!« rief François aus. »Stell dir vor, was für ein Gesicht meiner gemacht hätte, wenn ich ›Latinist‹ geantwortet hätte!«

Der deutsche Häftling, der François' Kartei ausfüllte, hatte ihn angesehen, die Achseln gezuckt, aber keinen Kommentar abgegeben, auch nicht versucht, es ihm auszureden.

Er weiß, was meinem Herzen fehlt.
Für wen es schlägt und glüht...

François liegt reglos da, mit geschlossenen Augen. Lebt er noch? Ich nähere meinen Mund dem seinen, berühre ihn fast. Er lebt noch, ja, ein lauer, fast unmerklicher Hauch entweicht seinen Lippen.

Während der Quarantäne waren wir Nachbarn: er war dem Block 61 zugeteilt worden, ich dem Block 62.

Aber seine Geschichte hat sehr schnell eine üble Wendung genommen, das Mißgeschick hat ihn verfolgt.

Zunächst war die Gruppe gaullistischer Widerstandskämpfer, die ihn schon in den ersten Quarantänetagen aufgespürt und sich seiner angenommen hatte (»Zum erstenmal seit meiner Verhaftung war ich nicht mehr allein!« sagte er mir, noch immer schwärmerisch), zunächst war diese Gruppe wenig später auf Transport geschickt worden. François hatte den Blockältesten aufgesucht und ihn gebeten, ihn mit seinen Kameraden auf die Transportliste zu setzen. »Du bist wohl verrückt!« hatte der andere geschrien. »Du weißt nicht, was du sagst! Dieser Transport geht nach Dora! Du hast Glück, nicht dabeizusein!«

Dora? Dieser weibliche Vorname sagte François natürlich nichts. Der Deutsche hatte es ihm mit wenigen Worten erklärt: Dora war eine im Bau befindliche unterirdische Fabrik, in der die Nazis begannen, Geheimwaffen herzustellen. Er hatte die Stimme gesenkt, um ihm zu sagen, um welche Waffen es sich handelte. *Raketen*! François hatte nicht gleich verstanden. *Raketen*? Er hatte sein Gedächtnis anstrengen müssen, um die Bedeutung des Worts wiederzufinden. Jedenfalls war es das übelste, das tödlichste Außenlager von Buchenwald! Denn die Verwaltung dieses Lagers, die innere Macht, hatte die SS den »grünen Dreiecken«, den Kriminellen, anvertraut. Die Arbeitsbedingungen waren mörderisch, ständig gab es Prügel. Man arbeitete an der Grabung eines Stollen, im Staub, der die

Lungen angriff. Dagegen war Buchenwald das reinste Sanatorium!
Dennoch bestand François darauf, auf die Transportliste gesetzt zu werden. Wie grauenhaft Dora auch sein mochte, er wäre dort nicht allein: er hatte eine Gruppe wirklicher Widerstandskämpfer gefunden, eine Zugehörigkeit, eine Möglichkeit des Austauschs, gemeinsamer Worte, geteilter Träume.
Der Blockälteste hatte François angeschaut, die zarte Gestalt eines bürgerlichen jungen Mannes. Er hatte den Kopf geschüttelt. »Hör zu«, hatte er ihm gesagt und ihm eine halbe Zigarette angeboten, »du sprichst Deutsch, sogar sehr gut, du wirst hier Arbeit finden, in einem der Büros. Es gibt jetzt immer mehr nichtdeutsche Deportierte, wir brauchen Ausländer, die die offizielle Sprache sprechen.«
François hatte gemeint, die offizielle Sprache beschränke sich auf einige wenige gehässige Befehlswörter, *Los, los! Schnell! Scheiße, Scheißkerl! Du Schwein! Zu fünf!* Aber vielleicht sprach man in den Büros ja eine andere Sprache, vielleicht sprach man dort wirkliches Deutsch.
Kurzum, François hatte den Blockältesten nicht überreden können, er blieb in Buchenwald. Und wieder war er allein, kaum erleichtert, daß der andere ihn zu seinem *Dolmetscher* erkoren hatte.
Einige Tage später war François in den *Steinbruch* geschickt worden. Aber er hatte nicht wie ich das Glück gehabt, auf einen russischen Schutzengel zu treffen. Niemand hatte ihm geholfen, den schweren Stein zu tragen, den der SS-Mann ihm zugeteilt hatte. Niemand hatte ihn *Towarischtsch* genannt. Er war vom *Scharführer* derart verprügelt worden, daß man ihn im Krankenbau hatte aufnehmen müssen, mit vielen Verletzungen und Knochenbrüchen.

Von da an verfolgte ihn das Pech.
Seine Entlassung aus dem *Revier* fiel mit dem Ende der Quarantänezeit, mit seiner Ankunft im Großen Lager zusammen. Doch seine schlechte körperliche Verfassung, seine Arbeitsuntauglichkeit, drängte ihn an den Rand, da sie ihn aus dem Produktionssystem ausschloß. Frühmorgens, auf dem Appellplatz, stand er zwischen Hunderten Deportierten, die keine feste, dauerhafte Verwendung in einem Arbeitskommando fanden. Aus dieser anonymen Masse rekrutierten die Kapos die Arbeitskräfte, die sie sporadisch benötigten, um die abwesenden, toten oder durch einen *Schonungsschein* freigestellten, Deportierten zu ersetzen, oder für unqualifizierte und heikle Aufgaben in irgendeinem Straßenbau- oder Planierungskommando.
Kurz gesagt, die einzigen Arbeitsstellen, zu denen François Zugang hatte, waren genau die, für die man kräftig und gesund sein mußte: jeder Tag in einem der Kommandos, in das er geschickt wurde, stieß ihn noch tiefer ins körperliche und seelische Elend.
Nach zwei Monaten Quälerei und Vereinsamung wurde François ins Kleine Lager zurückgeschickt, in eine der Baracken, in denen die Invaliden und die Ausgesonderten dahinsiechten, an den Rand gedrängt von dem einzig auf Produktivität ausgerichteten Despotismus des Zwangsarbeitssystems, das heißt die Muselmänner.

Der Wind hat mir ein Lied erzählt
von einem Glück unsagbar schön.
Er weiß, was meinem Herzen fehlt...

Plötzlich erkenne ich die Worte wieder.

Die Melodie dagegen entgeht mir, ich erkenne sie nicht wieder. Freilich muß man sagen, daß ich nicht begabt bin, mir Melodien zu merken oder sie wiederzuerkennen. Auch nicht, sie wiederzugeben: ich singe falsch, ich bin verstimmt wie ein altes Klavier!

Als wir jung waren, vor Jahrhunderten, vor so vielen Nächten, so vielen Toden und Menschenleben, und im Chor *La jeune garde* oder *Le temps des cerises* oder *El ejército del Ebro* sangen, gab es immer einen Kumpel, ob Mann oder Frau, der sich in einer Geste der Ablehnung, der Verwunderung die Ohren zuhielt: ich brachte das gute Einvernehmen des Chorgesangs, seine Harmonie durcheinander.

Ich erkenne also die Melodie nicht wieder, aber die Worte sind mir plötzlich vertraut. *Der Wind*, aber ja doch, *der Wind hat mir ein Lied erzählt*!

Es ist nicht Zarah Leander, sondern Ingrid Caven, am 28. November 2000, auf der Bühne des Odéon.

Mit geschmeidigen wie ruckartigen, fließenden wie kantigen Schritten hat sie vom Bühnenraum Besitz ergriffen. Sie hat die große Leere der Bühne bewohnbar gemacht, ihr Territorium abgesteckt mit ihrem tanzenden, katzenhaften und doch autoritären Gang. Damit meine ich, daß sie eine unstreitige Aura sinnlicher Präsenz ausstrahlte.

Anfangs habe ich kaum auf die Stimme geachtet, auf die Art, wie sie die Melodien, die herkömmlichen Rhythmen,

die Routine des Gesangs durchbrach, in den tiefen Stimmlagen sich aufschwang.
Ich war fasziniert von ihrer Meisterschaft, diesen Raum zu füllen, ihn zu besetzen, ihn mit ihren fließenden Bewegungen sichtbar und lebendig zu machen.
Sie ist ein Star, ein herbstliches, schönes rotes Raubtier, das sich zusehends zu verjüngen scheint, in dem Maße, wie die Zeit vergeht, wie sie die Bühne zähmt, den Saal erobert, die Lust auf die Zukunft gewordene Nostalgie entfacht.
Dann hat die Stimme die Herrschaft an sich gerissen.
Eine Stimme, die fähig ist zu gurren, im Glissando zu schillern, alle Höhen und Tiefen auszureizen, jäh abzubrechen oder wollüstig zu erlöschen, um übermütig wiederzuerwachen.
Dann plötzlich die Worte, die Worte der einstigen Sonntage in Buchenwald.
Dabei ist auf den ersten Blick kein Ort ungeeigneter für den Glanz, für den Schmerz des Gedächtnisses als dieser Saal des Odéon, am 28. November 2000.
Nur daß Deutschland den Hintergrund bildet.
Deutschland, bleiche Mutter, habe ich mir gesagt, als ich die ersten deutschen Lieder des Vortragsabends von Ingrid Caven vernahm.
Ich habe mich sofort an Julia erinnert, an die Rue Visconti.
In jener fernen Nacht hatte mir Julia von Brecht erzählt.
Im Odéon habe ich mir vorgestellt, daß Ingrid Caven – aber in was mischte ich mich da ein! – einen ganzen Abend mit Brecht-Liedern hätte bestreiten können. Mit all der Gewalt und der Zärtlichkeit und der Ironie der poetischen Texte von Bertolt Brecht, die eigens für sie geschrieben zu sein scheinen: zart, wild, ironisch.
Ich habe mich an Brechts Verse erinnert, die Julia mir einst

aufgesagt hatte: *Deutschland, du Blondes, Bleiches/Wildwolkiges mit sanfter Stirn ...*
An dieses Deutschland, blond und so bleich wie in den Filmen des neuen Expressionismus, an dieses junge Deutschland dachte ich an jenem Abend, als ich Ingrid Caven die Worte von einst singen hörte, die Worte von Zarah Leander, sonntags, in den Lautsprechern von Buchenwald.
Einige Jahre zuvor hatte mich Klaus Michael Grüber um einen dramatischen Text über das deutsche Gedächtnis gebeten: Gedächtnis der Trauer und Trauer des Gedächtnisses. Ich hatte ihn *Bleiche Mutter, zarte Schwester* genannt und um Carola Neher kreisen lassen, die ich in einem Gedicht von Brecht entdeckt hatte. Blond, bleich und schön, eine vergötterte Schauspielerin der zwanziger Jahre in Deutschland, nach Hitlers Machtergreifung im Exil, im Laufe der Stalinschen Säuberung Mitte der dreißiger Jahre in Moskau eingekerkert (*Säuberung* – ein Schlüsselwort des 20. Jahrhunderts, ob sie nun politischer oder ethnischer Art gewesen war), in einem Lager des Gulag verschwunden, schien mir Carola Neher – wie Margarete Buber-Neumann, ein weiteres Beispiel – das Schicksal Deutschlands zu verkörpern.
Hanna Schygulla spielte die Rolle der Carola Neher in diesem Stück, das Grüber für etwa fünfzehn Freilichtaufführungen inszenierte, in der Abenddämmerung, zwischen den Gräbern eines ehemaligen sowjetischen Militärfriedhofs in Weimar, am Fuß des Schlosses Belvedere.
So bringen mich inmitten der Vergoldungen des Odéon-Theaters die Worte eines deutschen Liedes, in der Version von Ingrid Caven weniger melodiös, weniger süßlich, herber, beunruhigender, in den Eingeweiden des Gedächtnisses wühlend, an einen fernen Sonntag im *Revier* von Buchenwald zurück.

Bringen mich zurück in die hochmütige, tödliche Einsamkeit meiner Besonderheit als Wiedergänger.
Wahrscheinlich bin ich der einzige an diesem Abend, an diesem Ort, der ein solches Gedächtnis besitzt, der von diesen heraufwirbelnden Bildern genährt und verschlungen wird. Und ich lege Wert auf diese Besonderheit, dieses Privileg, auch wenn es mich zerstört. Denn dieses Lied beschwört nicht nur das Feuer der Jugend herauf, es kündigt auch, ohne Aggressivität, lächelnd und zärtlich, die Nähe des Todes an.

Allein bin ich in der Nacht,
meine Seele wacht …

Kurz nachdem ich mich auf der Bettstatt niedergelassen hatte, schlug François, zusammenzuckend, plötzlich die Augen auf.

Unsere Gesichter waren nur wenige Zentimeter voneinander entfernt. Er hat mich sofort erkannt.

– Nein, du nicht, hat er mit fast unhörbarer Stimme gesagt.

Nein, ich nicht, François, ich werde nicht sterben. Jedenfalls nicht heute nacht, das verspreche ich dir. Ich werde diese Nacht überleben, ich werde versuchen, noch viele weitere Nächte zu überleben, um mich zu erinnern.

Denn sicherlich, und ich bitte dich im voraus um Verzeihung, wird es vorkommen, daß ich vergesse. Ich werde nicht ständig in diesem Gedächtnis leben können, François: du weißt doch, daß es ein tödliches Gedächtnis ist. Aber ich werde zu dieser Erinnerung zurückkehren, so wie man zum Leben zurückkehrt. Paradoxerweise, zumindest auf den ersten Blick, auf kurze Sicht, werde ich willentlich zu dieser Erinnerung zurückkehren in den Augenblicken, wo ich wieder werde Fuß fassen, die Welt und mich in der Welt wieder in Frage stellen, neuanfangen, die durch die Bedeutungslosigkeit erschöpfte Lebenslust erneut werde anfachen müssen. Ich werde zu dieser Erinnerung an das Totenhaus, an das Sterbehaus von Buchenwald zurückkehren, um die Lust am Leben wiederzufinden.

Ich werde zu überleben versuchen, um mich an dich zu erinnern. Um mich an die Bücher zu erinnern, die du gelesen hast, von denen du mir erzählt hast in der Latrinenbaracke des Kleinen Lagers.

Das wird im übrigen nicht schwierig sein. Wir hatten dieselben gelesen, dieselben geliebt. In einer letzten Aufwallung intellektueller Koketterie wolltest du mich mit Blanchot verblüffen. Aber *Aminadab* und *Thomas l'obscur* gehörten zu meinen damaligen Entdeckungen. Und was Camus betraf, so gab es nicht die Spur eines Streits: *L'étranger* war wirklich ein Donnerschlag in unser beider Leben. Und da es nicht möglich war, Camus' Territorium zu betreten, ohne einige metaphysische Abstecher zu machen, waren wir uns in einem entscheidenden Punkt sofort einig: von allen noch lebenden französischen Philosophen war Merleau-Ponty der originellste: *La structure du comportement* war ein bahnbrechendes Werk, aufgrund des Platzes, den er auf dem Feld der phänomenologischen Forschung dem Körper, seiner organischen Materialität, der Komplexität seines Denkens einräumte.

Es gab nur zwei Schriftsteller, über die wir uns im Verlauf jenes einen Abends nicht einigen konnten: Jean Giraudoux und William Faulkner.

François fand ersteren zu präziös, zu manieriert. Ich konnte viele Stellen von ihm auswendig, ich sagte sie ihm auf. Meine Tiraden bestärkten ihn nur in seiner Ablehnung und bestätigten mich in meiner Begeisterung. Als er merkte, daß er mich nicht würde bewegen können, meine Meinung über Giraudoux' Romane zu ändern, nahm er seine Theaterstücke aufs Korn. Emphatisch behauptete er, er würde Giraudoux' gesamtes dramatisches Werk für die *Antigone* von Anouilh hergeben. Mit der gleichen Großspurigkeit erklärte ich ihm, bei meiner Verhaftung durch die Gestapo im September 1943 in Joigny hätte mich nur die Tatsache wirklich empört, daß ich deswegen die Premiere von *Sodome et Gomorrhe* verpaßte.

Schließlich, als er feststellte, daß hier nichts zu machen war, prangerte er den zwar oberflächlichen und gängigen, aber dennoch unbestreitbaren Antisemitismus bestimmter Texte von Giraudoux an.
Böswillig erwiderte ich, daß er Giraudoux nicht wegen seines mutmaßlichen Antisemitismus nicht möge, sondern sicher deshalb, weil er, wie alle Leute der Rechten, weit mehr die schöne glatte, gesittete Prosa von Jacques Chardonne schätze, im Gegensatz zu der tatsächlich ausschweifenden Sprache von Giraudoux.
Kurzum, bei Giraudoux gerieten wir in eine Sackgasse.
Ebenso bei William Faulkner.
Aber im Fall Faulkners kam bei unserer literarischen Meinungsverschiedenheit bald etwas Persönliches ins Spiel. Keiner von uns formulierte es deutlich, es verblieb am Rande des Worts, an der unsicheren Grenze des Nichtgesagten.
Es war nämlich nicht unmöglich, daß François irgendwann Jacqueline B. kennengelernt hatte, das junge Mädchen, das mir Faulkners Romane empfohlen hatte. Irgendwann tauchte sie in seinem Bericht auf. Zumindest tauchte ein junges Mädchen auf, das ihr merkwürdig ähnelte: diese blauen Augen, dieses lange schwarze Haar auf den Schultern, ihre Schlankheit, ihr ungezwungenes Wesen.
In François' Bericht stand sie an einem Sommertag, während eines Wolkenbruchs, barfuß auf der Place Furstenberg. Zwar hatte nicht sie, dieses Phantom, ihn mit Faulkner bekannt gemacht; François kannte den amerikanischen Schriftsteller bereits. Sondern mit Jacques Prévert, den Jacqueline B. – nur sie konnte es sein: tatsächlich pflegte sie im Sommer barfuß zu gehen, das Gesicht im Regen hochgereckt: zweifellos war sie es –, mit Prévert hatte das junge

Mädchen ihn bekannt gemacht. Bei mir war es ebenso: Jacqueline brachte auch mir Gedichte von Prévert mit, auf der Maschine getippte, lose, freche Blätter voll der Poesie des Alltags.

Niemals habe ich François nach dem Namen des jungen Mädchens gefragt, das in allen seinen Erzählungen hergeisterte. Ich hatte eine zu große Angst, er werde mir bestätigen, daß es sich tatsächlich um Jacqueline handelte, um Jacqueline B. Einmal hatte er nebenbei durchblicken lassen, daß er, wie man sagt, etwas mit ihr gehabt hatte, mit dieser Unbekannten, zumindest Namenlosen, für mich Unnennbaren. Das hatte ich zu verstehen gemeint. Und die Vorstellung, François könnte Jacqueline in Armen gehalten haben, diese Vorstellung war mir unerträglich.

Ich zog die Ungewißheit vor.

Jedenfalls spukte dieses Ungesagte durch den literarischen Streit über Faulkners Romane, die François zu kompliziert fand, zu überladen, zu willkürlich konstruiert: kurz, sie ödeten ihn an. Ich dagegen erinnerte mich an Jacquelines Begeisterung, als sie mir von *Sartoris* erzählte. Das war etwas, was François nicht mit ihr geteilt hatte. Man tröstet sich, wie man kann.

Ein paar Monate später, in den ersten Tagen des schönen Monats Mai, im Jahre 1945, kam ein an mich gerichteter Brief von Jacqueline B. an die Adresse meiner Eltern: 47, Rue Auguste-Rey, Gros-Noyer-Saint-Prix, Seine-et-Oise.

Ich kam aus Buchenwald zurück. Ich hatte gerade noch Zeit gehabt, in einem jähen Gestöber den Schnee auf die Fahnen des Arbeiterumzugs vom 1. Mai fallen zu sehen. Gerade noch Zeit, festzustellen, wie befremdlich das wahre

Leben war, wie schwer es sein würde, mich wieder daran zu gewöhnen. Oder es neu zu erfinden.
Warum haben wir uns aus den Augen verloren? fragte sich, fragte mich Jacqueline B. Es stimmte, wir hatten uns aus den Augen verloren. Fast hätten wir uns aus dem Leben verloren. Und doch war es einfach zu erklären. Ab einem bestimmten Augenblick hatte mich die Arbeit für Jean-Marie Action gezwungen, meine damaligen Freunde aus den Augen zu verlieren.
Jacqueline nannte mir eine Adresse, wo ich sie erreichen könne, falls ich Lust hätte, sie wiederzusehen. Ja, ich hatte Lust. Sie wohnte in der Rue Claude-Bernard, einer ungeraden Nummer. Das weiß ich genau, weil ich die Rue Gay-Lussac hinunterging und es dann auf dem rechten Gehsteig war. Sicher ist das ein unbedeutendes Detail, eine völlig belanglose Gewißheit. Man könnte sich durchaus einen Bericht vorstellen, der dieses belanglose Detail wegließe. Der es überginge, um zum Wesentlichen, zum Kern der Sache zu kommen. Aber dieser Mai 1945 war ein Augenblick der Unschlüssigkeit in meinem Leben, ich wußte weder wer ich eigentlich war noch warum und wozu ich da war. Deshalb bestärkt mich die Rückbesinnung auf diese belanglosen Details in der doch so anfechtbaren, flüchtigen Idee meiner Existenz.
Ja, ich war es, ich existierte wirklich, die Welt war gegenwärtig, bewohnbar, zumindest durchquerbar, denn ich erinnere mich, daß ich aus der Rue Gay-Lussac kam, daß der Gehsteig mit den ungeraden Nummern allmählich im Schatten lag – in jenem Mai schien die Sonne über Paris –, denn ich erinnere mich, daß ich bei dem Gedanken, sie wiederzusehen, vor Erregung zitterte.
Sie wohnte im Erdgeschoß, zwischen Hof und Garten, noch immer bei der Familie, die sie schon vor drei Jahren

beherbergte, als ich sie in der Sorbonne kennengelernt hatte. Ich habe übrigens nie genau gewußt, welcher Art die Verbindungen waren, die sie mit besagter – vielmehr ungenannter – Familie unterhielt, die in direkter Linie von einem berühmten königlichen Chirurgen des 18. Jahrhunderts abstammte, der auch einer der Begründer der ökonomischen Schule der Physiokraten gewesen war.

War Jacqueline die Gesellschafterin der Mutter der Familie? (Weit und breit war kein Vater zu sehen.) Oder die Privatlehrerin der jüngsten Schwester? Oder die Gefährtin eines der Brüder?

Wie dem auch sei, wir nahmen unsere langen, endlosen Gespräche bei einem Glas Wasser, einem Milchkaffee wieder auf, und erneut begannen wir unsere Spaziergänge durch Paris. Sie stellte mir keine Fragen über meine zwei Jahre in Buchenwald: zweifellos hatte sie geahnt, daß ich sie nicht beantworten würde.

An einem Tag im Hochsommer kamen wir aus einem Kino an der Place Saint-Sulpice. Es hatte geregnet, der Wolkenbruch hatte die schwüle Luft abgekühlt, das Pflaster des Gehsteigs war noch naß. Sie hatte gelacht, hatte ihre flachen Schuhe ausgezogen, um barfuß zu gehen.

Ich betrachtete sie, regungslos, wie vom Blitz getroffen durch die Erinnerung an einen Bericht von François L. Hatte er sie früher wirklich einmal in Armen gehalten?

Place Saint-Sulpice, barfuß, in einem farbigen Militärhemd mit aufgekrempelten Ärmeln und einem weiten, schwingenden Rock aus Rohleinen, einen breiten Ledergürtel um die Taille, hob Jacqueline ihr Gesicht zum Himmel, in Erwartung des strömenden Wassers eines erneuten Wolkenbruchs.

Sechs Monate zuvor, im Dezember, an dem Tag, an dem die Amerikaner vor den Soldaten von Rundstedts in Bastogne keinen Fußbreit zurückwichen, spähte ich auf dem ausgemergelten, fast durchscheinenden Gesicht von François L. nach der letzten Regung, dem letzten Atemzug. Vielleicht dem letzten Wort. Nicht einmal die Erinnerung an Jacqueline B. hätte ihn trösten, ihm das geringste Lächeln entlokken, ihm die kleinste Hoffnung geben können. Ich beobachtete sein Gesicht, wenige Zentimeter von dem meinen entfernt. Ich wußte, daß seine Seele ihn bereits verlassen hatte, daß sie über sein Antlitz, wenn sie eine Stunde nach seinem Tod von ihm ginge, nicht mehr den ungreifbaren Schleier der Heiterkeit, des inneren Adels, der Rückkehr zu sich selbst breiten würde.

In dieser Wandelhalle des Todes waren das Röcheln, das Stöhnen, die schwachen Entsetzensschreie verstummt, waren einer nach dem andern erloschen. Es lagen nur noch Leichen um mich her: Fleisch für das Krematorium.

In einem Aufbäumen seines ganzen Körpers hatte François die Augen geöffnet, er hatte gesprochen.

Es war eine fremde Sprache, einige kurze Wörter. Erst danach habe ich verstanden, daß er Latein gesprochen hatte: er hatte zweimal das Wort *nihil* gesagt, dessen war ich sicher.

Er hatte sehr schnell gesprochen, mit sehr schwacher Stimme: außer dem wiederholten »nichts« hatte ich den Sinn seiner letzten Worte nicht verstehen können.

Das Geheimnis der letzten Worte von François L. war bestehengeblieben. Weder bei Horaz noch bei Vergil, deren Gedichte er sich häufig aufsagte, wie ich wußte, so wie ich selbst mir Baudelaire oder Rimbaud aufsagte, hatte ich je einen Vers gefunden, in dem das Wort *nihil* wiederholt vorkam.

Jahrzehnte später, mehr als ein halbes Jahrhundert nach der Dezembernacht, in der François L. an meiner Seite gestorben war, in einem letzten Aufbäumen einige Wörter ausstoßend, die ich nicht verstanden hatte, von denen ich aber mit Bestimmtheit wußte, daß sie lateinisch waren wegen der Wiederholung des Worts *nihil*, saß ich an einer Bearbeitung der *Troerinnen* von Seneca.

Es handelte sich um eine neue Version in spanischer Sprache, die ich für das andalusische Theaterzentrum schreiben sollte. Der Regisseur, der mir vorgeschlagen hatte, mich an diesem Abenteuer zu beteiligen, war Franzose, Daniel Benoin, Schauspieldirektor von Saint-Étienne.

Dabei stützte ich mich auf den von Léon Herrmann für die Reihe der Université de France, bekannter unter dem Namen Collection Budé, erstellten lateinischen Text und gleichzeitig auf eine ziemlich wörtliche, auch des tragischen Atems ziemlich entbehrende spanische Übersetzung.

Eines Tages, nachdem ich meine Version der entscheidenden Szene zwischen Pyrrhus, dem Sohn Achills, und Agamemnon beendet hatte, nahm ich eine lange Passage des Chors der Troerinnen in Angriff. Bei der Übersetzung des lateinischen Texts, den ich vor Augen hatte, schrieb ich auf spanisch: »*Tras la muerte no hay nada y la muerte no es nada...*«

Plötzlich, sicher weil die Wiederholung des Wortes *nada* undeutlich eine verschüttete, nicht identifizierte, aber angstvolle Erinnerung wachgerufen hatte, wandte ich mich erneut dem lateinischen Text zu: »*Post mortem nihil est ipsumque mors nihil...*«

Und so ließ mich, mehr als ein halbes Jahrhundert nach dem Tod von François L. in Buchenwald, der Zufall einer literarischen Arbeit seine letzten Worte wiederfinden:

»Nach dem Tod ist nichts, der Tod selbst ist nichts.« Ich hatte keinen Zweifel: das waren tatsächlich François' letzte Worte!

Aber im Juli 1945, im Sommer meiner Rückkehr, auf der Place Saint-Sulpice, hatte ich die Quelle seiner letzten Worte noch nicht gefunden.

Ich sah Jacqueline B. an, die barfuß auf dem nassen Asphalt stand, ihre Sandalen in der Hand. Mit erhobenem Gesicht schien sie auf das Wasser des Himmels zu warten, und es begann erneut in Strömen zu regnen.

Sie flüchtete sich in meine Arme, ihr durchnäßtes Hemd betonte bald die Form ihrer Brüste.

Ich hätte ihr das Geheimnis meines Begehrens ins Ohr flüstern können. Ihr sagen können, wie stark und auf welche Weise ich an sie gedacht hatte. Ihr unbekannter, erahnter, manchmal in der kecken Lässigkeit der Sommerkleidung kurz erblickter Körper, das Phantasma ihres Körpers hatte meine Träume in Buchenwald genährt.

Unter dem warmen Wasser der Dusche – der Dusche des Privilegierten, des *Prominenten*: bei der *Arbeit* hatte man, was die Tage und Stunden betraf, eine weit größere Wahl als die gemeinen Sterblichen, die im übrigen überhaupt keine Wahl hatten; obligatorische Dusche zu einer festgelegten Zeit, einmal in der Woche; außerdem waren wir in dem großen gefliesten Duschraum nicht zusammengepfercht wie die gemeinen Sterblichen, sondern nur zu viert oder zu fünft –, unter dem warmen Wasser der Dusche konnte, an guten Tagen, die Beschwörung ihres Körpers noch den freizügigen Andrang des Bluts hervorrufen und den Traum konkretisieren.

Ich habe natürlich nichts gesagt, ihr nichts ins Ohr geflüstert. Mit meinen sie umfangenden Armen habe ich ihren Körper vor dem Wolkenbruch geschützt. Der Regen hat

aufgehört, meine Arme haben sich geöffnet, sie hat sich entfernt, ihre Brüste wippten arrogant unter dem nassen Hemd.
Ein Jahr später heiratete ich eine junge Frau, die ihr auf seltsame Weise ähnelte. Natürlich endete es in einer Katastrophe.

Plötzlich ertönten dumpfe, beharrliche Schläge in der Tiefe meines Schlafs. Ein Traum hatte sich um dieses Geräusch gebildet: irgendwo in der Tiefe meines Traums wurde ein Sarg zugenagelt. Irgendwo zur Linken, in der Ferne, im schattigen Land des Traums.
Ich wußte, daß es ein Traum war, ich wußte, welcher Sarg in meinem Traum zugenagelt wurde: der meiner Mutter. Ich wußte, daß ein Irrtum, ein Mißverständnis, eine Verwechslung vorlag. Ich wußte, daß meine Mutter nicht in einer solchen Landschaft eingesargt worden war: einem Friedhof am Rand des Ozeans, unter dem bedächtigen Flug der Möwen. Ich wußte, daß es falsch war, auch wenn ich andererseits sicher war, daß man tatsächlich meine Mutter beerdigte.
Vor allem wußte ich, daß ich gleich aufwachen würde, daß die wiederholten Schläge – ein Hammer, auf dem Holz des Sargs? – mich jeden Augenblick aufwecken würden.
Die Angst dieses Traums war unerträglich. Nicht, weil man den Sarg meiner Mutter zunagelte. Dieses Wissen, so deutlich es auch sein mochte, rief seltsamerweise keine Bilder der Trauer hervor. Ganz im Gegenteil. Ich hörte das Geräusch des Hammers auf dem Holzsarg meiner Mutter, aber die Bilder, die sich einstellten, waren nicht düster. Nein, die Angst konnte nicht von den vergnügten oder zärtlichen oder anrührenden Bildern herrühren, die sich dabei einstellten. Die Angst rührte von einem anderen Wissen her.
Ich war mir sicher, diesen Traum schon einmal geträumt zu haben, schon einmal aus diesem Traum erwacht zu sein. Und im Moment des Erwachens hatte ich eine sehr präzise, blitzartige Erinnerung an das, was nach jenem ersten

Traum, jenem ersten Erwachen vorgefallen war: Kaminsky und Nieto, der passende Tote, François L., im Saal der Hoffnungslosen.
Genau diese Gewißheit war beängstigend, die Vorstellung, daß ich, was ich bereits durchlebt hatte, noch einmal durchleben würde, diese letzten achtundvierzig Stunden.
Gegen meinen Willen habe ich die Augen aufgemacht.
Nicht Kaminsky stand neben mir, sondern Ernst Busse, der mit geschlossener Faust auf den Pfosten der Bettstelle schlug.
Die Angst ist verschwunden, alles hat sich wieder eingerenkt: ich war bereit.
– Du hast Nerven! Du kannst schlafen?
Busses Ton war halb mürrisch, halb bewundernd.
Ich habe keine Zeit gehabt, ihm zu sagen, daß ich tatsächlich bei jeder Gelegenheit schlafen kann, sogar zwischen zwei Verhören der Gestapo.
– Vor fünf Minuten hast du so fest geschlafen, fuhr Busse sarkastisch fort, daß dich die *Leichenträger* beinahe ins Krematorium geschleppt hätten!
Er wirft meine Kleider auf die Bettstelle. Ich lege mein Krankenhemd ab, ich ziehe mich rasch an.
Der Raum des *Reviers*, in dem ich die Nacht verbracht habe, ist jetzt leer. Man wird ihn mit einem neuen Schub Sterbender füllen können.
Ich werde gesehen haben, wie François starb, aber ich werde nicht miterlebt haben, wie er ins Krematorium abtransportiert wurde.
– Zum Totlachen, sagte Busse, wenn du in letzter Minute auf dem für den Ofen bestimmten Leichenhaufen aufgewacht wärst!
Zum Totlachen, in der Tat.
In der Nacht, kurz nachdem François die wenigen Worte

gesagt hatte, die mir wegen des zweimal wiederholten *nihil* lateinisch zu sein schienen, war ein Krankenwärter an meine Bettstelle getreten. Er hielt eine Spritze in der Hand. Mit leiser Stimme sagte er etwas auf russisch zu mir. Ich habe verstanden, daß er mir eine Spritze geben wollte. Ich habe mich an Busses Ankündigung erinnert: eine Injektion, um das Fieber steigen zu lassen, falls die SS beschließen sollte, ihr Fest mit einem Bummel durch das *Revier* zu beenden.

Als der junge Krankenwärter sich zu mir herabbeugte, um eine Vene für den Einstich zu suchen, schien mir, als erkennte ich ihn wieder. Mir schien, als wäre es der Russe, der mich vor neun Monaten im Steinbruch gerettet hatte.

Aber ich hatte nicht die Gelegenheit, es nachzuprüfen. Ernst Busse eilte herbei. Er unterbrach den Handgriff des Russen.

– In letzter Minute, flüsterte er, haben sie sich's anders überlegt. Sie werden die Nacht im Bordell verbringen!

Er zog den Krankenwärter fort und ließ mich von neuem allein, neben François L.

Jedenfalls war ich nicht auf dem Leichenhaufen im Hof des Krematoriums aufgewacht. Busse hatte mich aus diesem Wiederholungstraum gerissen, in dem man den Sarg meiner Mutter zunagelte.

Ein anderes Geräusch hatte sich in meinem Traum über das des Hammers auf dem Holz des Sargs gelegt. Während ich Busse folgte und hinter ihm den Saal der Hoffnungslosen verließ, hatte ich dieses andere Geräusch identifiziert.

In meinem Kindheitsgedächtnis hat am 14. April 1931, am Tag, an dem in Spanien die Republik ausgerufen wurde, an dem ihr jüngerer Bruder, Miguel Maura, das Madrider Gefängnis, das *Cárcel Modelo*, verließ, um Innenminister des neuen Regimes zu werden, an diesem Tag hat meine Mutter in unserer Wohnung in der Calle Alfonso XI – in der sie wenige Monate später sterben sollte – Fahnen mit den republikanischen Farben herausgehängt: rot, gold, violett. Kaum hatten diese Fahnen im Frühlingswind zu flattern begonnen, in einer der ruhigsten und stattlichsten Straßen dieses bürgerlichen Viertels, schlugen alle Nachbarn ihre Fensterläden zu, um dieses unerträgliche Schauspiel nicht mit ansehen zu müssen.

Das Geräusch dieser heftig zugeschlagenen Holzläden legt sich über das des Hammers auf dem Sarg, die Geräusche des Lebens über die Geräusche des Todes.

In meiner Urszene – denn eine solche ist es, auf bedrükkende Weise – ist also keine Sexualität im Spiel. Also auch kein Vater. Es gibt eine Mutter, jung und vergnügt, schön, hochaufgerichtet in einem provozierenden Lachen. Es gibt die Fahnen der Republik.

Ich folgte Busse durch das Labyrinth der Korridore des *Reviers*.

Die Lautsprecheranlage übertrug den Lärm des Appellplatzes, die Befehle der SS-Männer, das Getöse der Deportierten, die sich zu Arbeitskommandos gruppierten, sobald sich die Formation nach Blöcken aufgelöst hatte.

Über diesem gewaltigen, aufbrandenden Lärm in der Tiefe ertönte die Blasmusik der Lagerkapelle mit ihren zackigen Märschen, die rituell das morgendliche Ausrücken der Kommandos begleiteten.

Es war die offizielle Musik, die der *Lagerkapelle*, deren Musiker eine Zirkusuniform trugen – bauschige rote Reithosen und grüne Jacken mit Fangschnüren (oder umgekehrt: ich werde mich nicht bemühen, dieses Detail zu überprüfen) – und die morgens und abends auf dem Appellplatz Stellung bezogen, um den Aufbruch zur Arbeit und die Rückkehr der Kommandos zu beleben.

Doch dies war nicht die wirkliche Musik in Buchenwald.
Die wirkliche Musik, wenigstens für mich, sentimental und nostalgisch, war jene, die die SS-Männer zuweilen über die Lautsprecheranlage verbreiteten. Die Musik und die Stimme des Sonntags, deren Paradigma die Lieder von Zarah Leander waren.
Und dann, vor allem, die Jazzmusik des illegalen Orchesters von Jiří Zak.
Am Sonntag zuvor war ich unter dem üblichen Dezemberschneeschauer zum *Kino* gegangen.
Jiří Zak, ein tschechischer Kumpel der *Schreibstube*, hatte mich dorthin bestellt. »Komm«, hatte er mir während des Mittagsappells gesagt. »Komm nachher ins *Kino*. Ich habe einen neuen Trompeter entdeckt. Einen norwegischen Studenten, phantastisch, du wirst sehen! Ich werde ihn bitten, ein paar Stücke von Armstrong zu spielen... Und außerdem können wir dort in Ruhe reden: ich habe eine Nachricht für dich von Pepiku!«
Pepiku ist die zärtliche Verkleinerungsform von Josef. Und Josef ist Frank, Josef Frank. Wie ich arbeitet er in der *Arbeitsstatistik*. Er könnte also direkt mit mir sprechen, zu jeder Tageszeit. Aber wahrscheinlich ist es ihm lieber, wenn man uns nicht zu oft miteinander sprechen sieht.
Ich habe ihn nämlich gebeten, mir bei einer besonderen Unternehmung zu helfen, die so vertraulich ist, daß man sie besser auch vor dem illegalen Apparat geheimhält.
Es geht darum, im Auftrag der PCF eine Flucht vorzubereiten.
Pierre D. hatte Kontakt mit mir aufgenommen, im Auftrag von Marcel Paul. Ich habe nicht mit Seifert darüber gesprochen, da er der kleinlichen Bürokratie der deutschen kommunistischen Organisation zu stark verpflichtet ist. Nicht, daß er kein Vertrauen zu mir hätte. Aber in Anbe-

tracht seiner Stellung in der illegalen Hierarchie wäre er gehalten, den höheren Instanzen darüber zu berichten, die dann bei der PCF, bei Marcel Paul, Erkundigungen eingezogen hätten.

Stimmte es, daß letzterer in Erwägung zog, seine Flucht zu organisieren? Hat er wirklich deshalb Kontakt mit mir aufgenommen? War es überhaupt eine richtige Entscheidung? Durfte er sie treffen, ohne das internationale Komitee zu konsultieren, in Anbetracht der Konsequenzen, die ein stets mögliches Scheitern nach sich ziehen würde?

Kurzum, es hätte eine Diskussion gegeben und damit Gerede und Geschwätz. Zu viele Leute hätten am Ende Wind von einem Plan bekommen, der streng vertraulich bleiben mußte, sogar für die regulären Instanzen der internationalen kommunistischen Organisation von Buchenwald.

Es war eine Angelegenheit, bei der man besser nach den Arbeitsmethoden der FTP vorgehen sollte, hätte Daniel Anker gesagt. *A la guerillera*, hätte ich auf spanisch gesagt. Eine Angelegenheit unter Kommunisten, bei der die Partei als Institution nur Scheiße bauen konnte.

Ich habe also beschlossen, mich an Josef Frank zu wenden. Ich wußte, daß er ja oder nein sagen würde, ohne vorherige Beratung, eigenmächtig. Weil er sein eigener Chef war! Das kam mir zupaß.

Frank trug in der *Arbeit*, neben Seifert, große Verantwortung. Er war mit der Rekrutierung von Fachkräften betraut, Technikern und qualifizierten Arbeitern für die verschiedenen Rüstungsfabriken, die Gustloff, die DAW und so weiter.

Das war die sozusagen offizielle Seite seiner Arbeit, über die er gegebenenfalls der SS-Leitung würde Rechenschaft ablegen müssen. Hinter dieser Fassade – die revolutionäre

Ausschöpfung aller nur möglichen legalen Aktivitäten ist unbestreitbar eine der allgemeinsten und durchschlagendsten politischen Praktiken des Bolschewismus – war Frank vom illegalen Apparat beauftragt, im Rahmen des Möglichen für die in diesem Sektor verfügbaren Arbeitsstellen altgediente Kämpfer auszuwählen.

Denn die Gesamtstrategie der illegalen kommunistischen Organisation zielte darauf ab, das Produktionssystem von Buchenwald mit einem doppelten Ziel zu unterlaufen: ein Maximum an Arbeiterkadern, im allgemeinen antifaschistischen Kämpfern, zu schützen, indem man ihnen die besten Plätze in der Produktionsanlage verschaffte; und sich zweitens auf eben diese Kader zu stützen, um die systematische Verlangsamung und, punktuell, die Sabotage der Rüstungsproduktion zu organisieren.

Josef Frank gehörte wie die meisten seiner aus dem Protektorat Böhmen-Mähren stammenden Landsleute zu den *Prominenten*, zur roten Aristokratie von Buchenwald. Aber im Unterschied zu vielen anderen kommunistischen Kapos war er ein ruhiger, aufmerksamer, zuweilen höflicher Mann. Niemals gab es bei ihm einen Ausbruch von Arroganz oder Wut; niemals Beleidigungen oder Unflätigkeiten in seinem gepflegten Deutsch.

Gewiß, er war nicht mitteilsam, schloß keine Freundschaften, wahrte Distanz, übte sich in Zurückhaltung.

Ich konnte ihn verstehen.

Die unvermeidliche, ständige Enge war eine der verhängnisvollsten Geißeln des Alltags in Buchenwald. Würde man heute die Überlebenden fragen – die wenigen, glücklicherweise! Bald wird der Idealzustand erreicht sein, den die Spezialisten anstreben: es wird keine Zeugen mehr geben, oder vielmehr, es wird nur noch »wahre Zeugen« geben, das heißt Tote; bald wird niemand mehr die Experten mit dem unbequemen *Erlebnis* eines Todes anöden, dessen Gespenster die Überlebenden sind –, würde man also die Überlebenden oder die Gespenster fragen, zumindest diejenigen, die eines klaren, unnachsichtigen Blicks fähig wären, frei von den Stereotypen des rührseligen Zeugnisses, so wahrhaftig es auch sei, dann stünden in einer endgültigen Klassifizierung der Leiden an erster Stelle wahrscheinlich der Hunger, die Kälte und der Mangel an Schlaf.

Doch scheint mir, daß dieselben Überlebenden, wenn man ihre Aufmerksamkeit auf diesen Punkt lenkte und ihr Gedächtnis auffrischte, sehr schnell die Verheerungen zugeben würden, welche die unvermeidliche, bedrückende Enge anrichtete.

Denn sie bildete eine heimtückischere, gewiß weniger brutale, weniger spektakuläre Verletzung der Integrität der Person, der Intimität des einzelnen als die ständigen Stockschläge, auch eine verwirrendere wegen ihrer oft grotesken, zuweilen sogar erheiternden Aspekte.

Ich weiß nicht, ob man eine solche Realität objektiv messen kann. Die Folgen der Tatsache messen kann, daß jedwede Handlung des privaten Lebens unausweichlich unter den Blicken der anderen stattfand. Dabei spielte es keine Rolle, ob dieser Blick bei Gelegenheit brüderlich oder mitleidvoll war, der Blick als solcher war unerträglich. Es gibt nichts Schlimmeres als die absolute Durchsichtigkeit des privaten Lebens, bei der jeder zum *big brother* des anderen wird.

Einzuschlafen im kollektiven Keuchen, im gemeinsamen Pesthauch des schlechten Schlafs, im Schnarchen und Stöhnen, im widerlichen Knurren der Gedärme; zu scheißen vor den Augen Dutzender Typen, die wie man selbst in den Gemeinschaftslatrinen hockten, in der stinkenden, lärmenden Auflösung der Eingeweide: kein einziger Augenblick von Intimität, den man der Zurschaustellung, der höllischen Gegenwart des Blicks der anderen hätte entreißen können.

Wenn man in Buchenwald, was das tägliche Leben betraf, zum Plebs gehörte – das war bei mir der Fall –, gab es nur zwei Möglichkeiten, die zwar unbeabsichtigte, aber unausbleibliche Aggressivität dieses Blicks vorübergehend abzuwenden oder zu dämpfen.

Die erste bestand darin, sich in das flüchtige Glück eines einsamen Spaziergangs zurückzuziehen.

In bestimmten Zeiten des Jahres (nach dem Winter und den eisigen Schnee- und Regenschauern) und zu bestimmten Stunden des Tages war das möglich. Während der Mittagspause zum Beispiel. Oder nach dem Abendappell, zwischen diesem Appell und der Sperrstunde. Und natürlich Sonntag nachmittags.

Es gab Wege, die besser geeignet waren als andere. So das Wäldchen rings um die Baracken des *Reviers*. Oder die breite Lagerstraße zwischen den Küchen und der *Effektenkammer*, die überdies die Möglichkeit bot, Goethes Baum zu betrachten, die Eiche, unter der er sich, der Lagerlegende zufolge, gern mit dem idiotischen Eckermann ausruhte und die die SS verschont hatte, um ihre Hochachtung vor der deutschen Kultur zu bekunden!

Auf diesen Spaziergängen mußte man vor allem die Orte meiden, so ausgedehnt und angenehm sie sein mochten, wo man allzu direkt dem Blick der SS-Posten in den Wachtürmen ausgesetzt war, die in regelmäßigen Abständen den unter elektrischem Strom stehenden Stacheldrahtzaun überragten. Auch mußte man jene Lagerstraße meiden, die, obwohl vor dem Blick der Nazis geschützt, am Krematorium entlangführte: an diesem Ort wurde man nahezu unvermeidlich in dem ephemeren Glück der Einsamkeit, der Selbsteinkehr gestört, durch die Ankunft eines Karrens, der eine der Leichenfuhren des Tages zu den Öfen transportierte.

Nicht, daß eine solche Begegnung überraschend gewesen wäre: wir waren an die Gegenwart der Leichen, an den Geruch des Krematoriums gewöhnt. Der Tod barg für uns kein Geheimnis, kein Mysterium mehr. Zumindest kein anderes Geheimnis, kein anderes Mysterium als das banale, zu allen Zeiten erkannte und dennoch unergründliche Geheimnis des Ablebens selbst: des unerträglichen Übergangs.

Aber es war wirklich überflüssig, an diese Allgegenwart des Todes erinnert zu werden. Besser, man ging anderswo spazieren.

Außer dem Spaziergang gab es nur noch ein anderes Mittel, die klebrige Angst vor der ständigen Enge zu überlisten: nämlich Gedichte zu rezitieren, mit leiser oder mit lauter Stimme.

Dieses Mittel hatte gegenüber dem hygienischen Spaziergang einen erheblichen Vorteil, auch wenn es für den zerfallenden Körper ganz offenkundig weniger heilsam war: es ließ sich nämlich in jedem Augenblick anwenden, unabhängig vom Wetter, vom Ort, von der Uhrzeit.

Ein wenig Gedächtnis reichte aus.

Wenn man auf dem Balken der Latrinen des Kleinen Lagers saß; oder im stöhnenden Tumult des Schlafraums wachlag; oder in der wie mit dem Lineal gezogenen Reihe von Häftlingen vor einem SS-Mann stand, der den Appell abnahm; oder wenn man darauf wartete, daß der Stubendienst mit Hilfe eines Drahts das lachhafte Stück täglicher Margarine abschnitt, bei jedweder Gelegenheit konnte man sich von der feindseligen Unmittelbarkeit der Welt

ablenken, um sich in die Musik eines Gedichts zu flüchten.
Auf dem Scheißhaus, ungeachtet des Gestanks und der lärmenden Erleichterung der Gedärme ringsum, verbot einem nichts, die tröstende Melodie einiger Verse von Paul Valéry zu murmeln.
Calme, calme, reste calme/connais le poids d'une palme/ portant sa profusion... (»Ruhig, ruhig, bleibe ruhig/erkenne die Last einer Palme/die ihre Fülle trägt...«) Oder: *Présance pure, ombre divine,/qu'ils sont doux tes pas retenus./Tous les dons que je devine/viennent à moi sur ces pieds nus...* (»Reines Dasein, göttlicher Schatten,/wie sanft sind deine verhaltenen Schritte./Alle Gaben, die ich erahne,/nähern sich mir auf diesen nackten Füßen...«).
Ich weiß nicht, mit welcher Methode Josef Frank gegen die schädlichen Auswirkungen der drangvollen Enge mit all ihrer Anstößigkeit, Vulgarität und Willfähigkeit in der Entwürdigung ankämpfte. Er hatte Distanz, seine Zurückhaltung zu wahren vermocht, ohne deshalb in die arrogante Gewalttätigkeit so vieler anderer Kapos und *Prominenter* abzugleiten.
Jedenfalls war er es, den ich gebeten hatte, uns bei der Organisation der Flucht von Marcel Paul zu helfen. Er hatte zugesagt. »Aber das bleibt unter uns«, hatte er mir gesagt. Unter uns, einverstanden, das kam mir gelegen. Ich mochte die Guerillero-Arbeit.

– Ich hab was für dich von Pepiku!
Jiří Zak hatte mich am vorherigen Sonntag während des Appells aufgesucht.
Man brauchte nur durch den Korridor derselben Baracke zu gehen, um aus der *Schreibstube*, in der er arbeitete, in die *Arbeitsstatistik* zu gelangen. In der Schreibstube war

Zak der Gehilfe des Kapos, eines deutschen Kommunisten. Aber dieser war wegen Krankheit häufig abwesend, so daß er die Abteilung praktisch allein leitete.

Er war ein hochgewachsener junger Tscheche mit leicht gekrümmter Haltung. Hinter einer Brille mit Stahlfassung ein außergewöhnlich aufmerksamer, intelligenter Blick. Darin ähnelten sich die Tschechen von Buchenwald. Zumindest diejenigen, mit denen ich an verantwortungsvollen Posten zu tun hatte. Ruhig, aufmerksam, immer gleicher Stimmung. Überdies waren sie gebildet, interessierten sich für die Welt, für die zu entschlüsselnden Ereignisse. Interessierten sich für die anderen, was noch seltener war.

Jiří Zaks persönliche Leidenschaft war die Jazzmusik.

Es war ihm gelungen, eine kleine Gruppe von Musikern verschiedener Nationalität zusammenzubringen. Die Instrumente des Orchesters waren den Schätzen der *Effektenkammer* entnommen worden, in der sich seit Jahren der Inhalt des Gepäcks der Deportierten aus ganz Europa häufte.

Aus ganz Europa, mit Ausnahme von Großbritannien, das wegen seiner Insellage und seines Muts vom Unheil der Besatzung geschützt war. Mit Ausnahme auch von Sowjetrußland, aus ganz anderen Gründen: es war undenkbar, daß ein russischer Deportierter irgendein Gepäck bei sich trug! Das einzige Gepäck der jungen deportierten Russen war eine unerhörte Vitalität, eine bisweilen positive Wildheit: Rebellion im Reinzustand gegen die absurde Schändlichkeit des Laufs der Dinge; bisweilen war sie auch unheilvoll, mafios.

Die von Jiří Zak gegründete Jazzband, ihre Darbietungen, die öffentlich waren, meist aber unter uns, in einer Art von Jamesessions, meist Sonntag nachmittags stattfanden, wa-

ren eines der schönsten, erstaunlichsten und bereicherndsten Dinge, die kennenzulernen mir vergönnt waren.
Eine im übrigen doppelt illegale Musik.
Sosehr die SS-Scharführer, die in direktem Kontakt mit der deportierten Bevölkerung standen, die Augen schlossen oder die kulturellen Aktivitäten duldeten, die Sonntag nachmittags zu organisieren den verschiedenen Nationalitäten gelang, so brutal wären sie gegen die Jazzaufführungen eingeschritten, diese Negermusik!
Auf der anderen Seite hatten die deutschen kommunistischen Veteranen keinerlei Verständnis für diese, wie sie sagten, dekadente Musik, typisch für die Zeit des Niedergangs des Kapitalismus. Sie hätten wahrscheinlich beschlossen, sie zu verbieten, wären sie wirklich im Bilde gewesen. Aber Jiří Zak, darauf bedacht, Zusammenstöße und komplizierte Diskussionen zu vermeiden, sorgte dafür, daß die Jazz-Sessions am Rande des legalen Netzes – wenn man so sagen darf! – der kulturellen Aktivitäten stattfanden.
Gewiß, es war nicht die Trompete von Louis Armstrong, aber es war nicht schlecht. Ganz und gar nicht schlecht, ehrlich gesagt.
Als ich den Saal des *Kinos* betrat, am Sonntag nachmittag, eine Woche vor dem Sonntag, von dem in diesem Bericht die Rede ist, hatte der norwegische Student gerade das erste Solo von *In the Shade of the Old Apple Tree* in Angriff genommen. Rings um ihn brach Jubel aus. Markowitsch ergriff sein Saxophon, der Schlagzeuger legte los. Alle fielen sie nacheinander ein, gefangen im Rhythmus und im Zwang der thematischen Struktur, befreiten sich jedoch sogleich davon in einer einvernehmlichen Improvisation, dieses vorläufige Einvernehmen immer wieder durchbrechend.

Jiří Zak war im siebten Himmel, seine Augen leuchteten hinter den Gläsern seiner Stahlbrille.
Ich überließ mich diesem Jubel, diesem Gefühl äußerster Freiheit, das mir der Jazz immer gegeben hat, mir noch heute gibt.
Aber Zak hat mich gesehen, er entfernte sich von den Musikern, kam auf mich zu.
Wenn ich an ihn denke und versuche, sein Bild heraufzubeschwören, seine Gesichtszüge einzukreisen, mir seine Gestalt zu vergegenwärtigen, seinen Blick, seinen Gang, die Verliese der damaligen Zeit, dann taucht immer jener Augenblick vor mir auf: der große Saal des *Kinos*, leer und hallend; die kleine Gruppe der Deportierten in einer Ecke, im Halbkreis um den jungen norwegischen Trompeter – es gab in Buchenwald einen Block mit Studenten, die in Norwegen aufgegriffen worden waren, warum, weiß ich nicht mehr, und die nicht dem allgemeinen Reglement unterlagen: sie waren von den anderen Deportierten abgesondert und arbeiteten nicht –, die gemeinsam die musikalischen Themen aufgreift; und Jiří Zak, sehr groß, die Schultern vorgebeugt, der auf mich zukommt.
Dabei habe ich ihn in Buchenwald, nach diesem Sonntag, noch oft gesehen.
Sehr viel später habe ich ihn wiedergesehen, im Frühjahr 1969. Ich war mit Costa-Gavras nach Prag gereist, der immer noch versuchte, in der Tschechoslowakei *L'Aveu* zu drehen. Es gab Versammlungen, es wurde darüber diskutiert: bald stellte sich heraus, daß die Dreharbeiten dort unmöglich sein würden. Die Normalisierung war im Gange, die Wiederherstellung der Ordnung nach dem Einmarsch der sowjetischen Truppen in dieses Land.
Ich hatte mit uns befreundete Cineasten, die sich noch nicht für das Exil entschieden hatten, gebeten, für mich

nach Jiří Zak zu suchen. Sie hatten ihn gefunden. Eines Tages, als ich ins Hotel zurückkehrte, fand ich eine Nachricht vor: Zak würde mich zu einer bestimmten Zeit, an einem bestimmten Ort erwarten. Es war in einer Wohnung, deren Fenster zum Wenzelplatz gingen. Zak hatte graues Haar, aber sein Blick hatte sich nicht verändert, auch nicht sein Gang. Eine ältere Frau, klein, mit dem Gesicht eines runzligen Apfels, begleitete ihn. Es war die Witwe von Josef Frank, unserem Kumpel in Buchenwald, Pepiku. Dieser war nach seiner Rückkehr aus dem Lager stellvertretender Generalsekretär der tschechischen KP geworden. Er war in die Mühlen der Stalinschen Prozesse der fünfziger Jahre geraten. Angeklagt, sich in Buchenwald in den Dienst der Gestapo gestellt zu haben, hatte er »gestanden« – nach welchen Torturen? Er war gehenkt worden, zusammen mit Slansky, Geminder, einem Dutzend anderer Angeklagter. Ihre Asche war auf einer verschneiten, menschenleeren Straße verstreut worden: keine Spur ihrer Existenz sollte zurückbleiben, keine zu ehrende sterbliche Hülle, kein Ort des Gedenkens, keine Möglichkeit der Trauerarbeit.

An jenem Tag in Prag, im Frühjahr 1969, hatte ich ihm die Probe seiner Jazzband ins Gedächtnis gerufen, im *Kino* von Buchenwald, an einem Dezembersonntag im Jahre 1944. Er erinnerte sich an den jungen norwegischen Trompeter. Aber er hatte vergessen, über welches Thema von Armstrong er ihn gebeten hatte, sein Talent zu zeigen. *In the Shade of the Old Apple Tree*? Nein, er erinnerte sich nicht. Sicher stand dieses musikalische Thema nicht im Mittelpunkt seines Gedächtnisses, im Herzen seines Lebens.

Bei mir dagegen war das der Fall.

In Prag, an jenem Tag des Jahres 1969, hätte ich Jiří Zak,

anhand dieses Stücks von Louis Armstrong, mein Leben erzählen können.
Im Sommer meines neunzehnten Lebensjahrs, 1943, hatte ich begonnen, für das Netz von Frager, Jean-Marie Action, an illegalen Aktionen teilzunehmen. Ich hatte mich noch nicht als ständiges Mitglied des Netzes in Joigny niedergelassen. Ich kehrte nach Paris zurück, wenn ich einige Tage im Departement Yonne oder Côte-d'Or verbracht hatte, um die Entgegennahme und Verteilung der von den britischen Diensten mit dem Fallschirm abgeworfenen Waffen zu organisieren; um die geplanten Sabotageakte gegen die Verkehrsadern – Eisenbahn, Schleusen des Burgundkanals – in die Tat umzusetzen.
Manchmal kam ich zu einer Surpriseparty unter Freunden nach Paris zurück. Dann versteckte ich meine falschen Papiere auf den Namen Gérard Sorel, Gärtner, geboren in Villeneuve-sur-Yonne (in den Taschen meines Fahrrads, mit dem ich auf den Regionalstraßen in der Umgebung von Joigny herumfuhr, befanden sich die Werkzeuge meines Berufs), nahm meine echten Papiere eines spanischen, hier ansässigen Studenten der Sorbonne an mich und zeigte mich auf dem Fest. Sobald sie mich hereinkommen sahen, schalteten meine nächsten Freunde, Jungen oder Mädchen, die engumschlungenen Paare überraschend, die gerade laufende Musik aus und legten das Stück von Armstrong auf, *In the Shade of the Old Apple Tree*. Es war gleichsam eine Begrüßung, eine verschlüsselte Geste der Freundschaft, ein verschwörerisches Augenzwinkern.
Auch später, in Madrid, in der antifrankistischen Illegalität, war dieses Stück von Louis Armstrong bei bedeutsamen Episoden im Spiel gewesen.
Aber in Prag habe ich Jiří Zak nicht mein Leben erzählt, 1969, als nach dem Einmarsch der sowjetischen Truppen

die neue Eiszeit der tschechischen Gesellschaft anbrach. Kein Grund also, daß ich es hier erzähle, daß ich all das berichte, was in meinem Gedächtnis, in meiner Seele – falls man das eine von der anderen trennen kann – die Erinnerung an Louis Armstrong aufwühlt.

Jedenfalls war im *Kino* Jiří Zak auf mich zugekommen, nach den Variationen, den Improvisationen seiner Musiker über das Thema von *The Old Apple Tree*. Er hatte eine Nachricht für mich, von Frank.

In ein paar Wochen, so ließ er mich wissen, werde die SS-Leitung ein neues Kommando zusammenstellen. Es solle sich um einen mobilen Arbeitstrupp handeln, der mit der Eisenbahn transportiert werde und dazu bestimmt sei, von den Alliierten bombardierte Eisenbahngleise zu reparieren.

Infolge seiner Mobilität und der Bedingungen einer Arbeit, die unter freiem Himmel verrichtet werde, auf offenem, schwer zu überwachendem, nicht völlig abzuschottendem Gelände, scheine sich dieses Kommando mehr als jedes andere für einen ernsthaften Fluchtplan zu eignen.

Wenn die PCF diesem Vorschlag zustimme, müsse man sofort Maßnahmen ergreifen, um Marcel Paul und die Kameraden seiner Gruppe auf die Liste der Deportierten zu setzen, die auszuwählen Frank beauftragt sei.

Gut, ich würde die Nachricht weitergeben, ebenso die Antwort darauf.

Der norwegische Student nahm ein weiteres Trompetensolo in Angriff. Er war wirklich begabt.

Unter allen möglichen Bildern von Jiří Zak, dem jungen kommunistischen Tschechen in Buchenwald, der in Hamburg im Exil gestorben ist, nachdem ihn die Wiederherstellung der Stalinschen Ordnung kurz nach unserer letzten Zusammenkunft gezwungen hatte, Prag zu verlassen, unter allen möglichen Bildern taucht in meinem Gedächtnis spontan immer das Bild jenes Dezembersonntags im *Kino* des Lagers auf, wo wir dem neuen norwegischen Trompeter lauschten, der sich an Armstrongs Solos heranwagte. Aber man hört nicht *In the Shade of the Old Apple Tree*, als ich in den Korridoren des *Reviers* hinter Ernst Busse hergehe, dem Kapo, nicht einmal *On the Sunny Side of the Street*. Auch nicht die Stimme von Zarah Leander in *Der Wind hat mir ein Lied erzählt* ... Man hört nur das dumpfe Lärmen des Appellplatzes, das Gedudel der Lagerkapelle, die schrillen Befehle der SS-Männer.

– Kennst du Francos Botschafter in Paris? fragt mich Walter Bartel barsch.
Die Frage trifft mich unvorbereitet, verschlägt mir die Sprache, begreiflicherweise. Aber gleichzeitig klickt es in meinem Gehirn: ich glaube zu ahnen, was es mit dieser absurden Frage auf sich hat.
Ernst Busse hat mich in sein Büro im *Revier* gebeten. Bartel war bereits da, hinter einem Tisch sitzend. Busse hat sich zu ihm gesellt. Ein dritter Stuhl war wohl zur Vervollständigung der traditionellen Troika, der heiligen kominternistischen Dreieinigkeit, vorgesehen. Aber er ist leer geblieben.
Ein Tribunal. Auf diesen Gedanken bin ich ganz natürlich gekommen, vor allem, als Bartel mir bedeutet hat, mich ihnen gegenüber auf einen Schemel zu setzen.
Erst da habe ich bemerkt, daß auch Kaminsky und Nieto anwesend waren.
Kaminsky stellte eine ungezwungene Miene zur Schau, als sei er rein zufällig hier. Ebensogut hätte er die Zeitung lesen können, wenn irgendwo ein Exemplar des *Völkischen Beobachters* herumgelegen hätte, um sein Desinteresse zu bekunden. Jaime Nieto dagegen, der Hauptverantwortliche der illegalen Organisation der spanischen Partei in Buchenwald, wirkte unzufrieden. Ich konnte ihm nicht ansehen, ob er deshalb unzufrieden war, weil er offenkundig, da abseits von Bartel und Busse sitzend, in den zweiten Rang verwiesen worden war, oder einfach darüber unzufrieden, überhaupt hier zu sein. Wie dem auch sei, er war mißgestimmt: verschlossenes Gesicht, aufblitzender Unwille, vielleicht sogar Zorn im Blick.
Walter Bartel also hat mit dem Verhör begonnen. Das war logisch, er war der Chef.

Bartel: Über ihn muß ich ein paar Worte sagen.
Es kommt vor, daß ich Personen erfinde. Oder daß ich ihnen, wenn sie real sind, in meinen Berichten fiktive Namen gebe. Dafür gibt es verschiedene Gründe, die jedoch immer mit Notwendigkeiten narrativer Art zusammenhängen, mit der Beziehung, die es zwischen dem Wahren und dem Wahrscheinlichen herzustellen gilt.
So ist Kaminsky ein fiktiver Name. Dennoch ist die Figur zum Teil real. Wahrscheinlich sogar im Wesentlichen. Ein aus Schlesien gebürtiger Deutscher mit einem slawischen Namen (ich habe den seinen wegen *Le sang noir* von Gouilloux gegen Kaminsky ausgetauscht), früher Mitglied der Internationalen Brigaden, 1940 im Lager von Gurs interniert und von den Vichy-Behörden an Nazideutschland ausgeliefert: das alles ist wahr. Aber dieser Wahrheit habe ich biographische oder psychologische Elemente anderer deutscher Deportierter, die ich gekannt habe, hinzugefügt.
Ich hielt es nicht für angebracht, seinen richtigen Namen beizubehalten, da ich ihm Worte in den Mund legte, die er nie gesagt hatte, ihm Ansichten unterstellte, die er mir gegenüber nie geäußert hatte. Es ist das mindeste, ihm seine Freiheit zu bewahren, die Möglichkeit der Distanzierung, ja sogar der Zurückweisung zu lassen, falls er noch am Leben ist.
In diesem Fall wird ihn der fiktive Name Kaminsky in gewisser Weise schützen, sollte er sich in diesem Porträt nicht wiedererkennen oder es ablehnen, sich darin wiederzuerkennen.
Ganz anders steht es mit Walter Bartel und Ernst Busse.
Hier ist es unbedingt geboten, ihre richtigen Nachnamen, ihre realen Vornamen beizubehalten. Unabhängig von ihrem narrativen Status interessiert mich ihre historische

Wahrheit. Denn Bartel und Busse sind historische Personen. Die Forscher, die Spezialisten der Geschichte der Nazilager im allgemeinen und des von Buchenwald im besonderen, sind bereits auf ihre Namen gestoßen. Es sind bereits Dokumente aus Archiven, in denen sie erwähnt werden, veröffentlicht worden, weitere werden sicherlich folgen. Die Forscher werden die Rolle zu bewerten haben, die sie in der Geschichte von Buchenwald und in der des kommunistischen Regimes Ostdeutschlands gespielt haben.

Auch wenn die Szene, die ich hier beschreibe, mit größtmöglicher Genauigkeit wiedergegeben ist, so würde ich doch ihre tiefe Wahrheit zerstören oder verderben, wenn ich Bartel und Busse aus Unachtsamkeit oder Unbesonnenheit fiktive Namen gäbe. Oder aus Furcht, die Verantwortung dafür zu übernehmen, sie unter ihren richtigen Namen in eine Episode einzubeziehen, für die ich den Beweis nicht erbringen könnte, da alle Zeugen inzwischen tot sind.

Außer mir natürlich. Zumindest in der Minute, da ich dies schreibe, bin ich noch am Leben, fast auf den Tag genau sechsundfünfzig Jahre nach dem Ereignis.

Jedenfalls war es das erste Mal, daß Bartel mit mir redete.

Gewiß, ich kannte ihn vom Sehen. Manchmal kam er, um mit Seifert unter vier Augen zu sprechen, in dessen privates Kabuff in der *Arbeit*. Er war ein kleingewachsener Mann von etwa vierzig Jahren, blond, mit einem pausbäckigen Gesicht, agil, von offenkundiger Vitalität. Er trug keine der Armbinden, wie sie die maßgeblichen Funktionäre der inneren Lagerverwaltung kennzeichneten. Weder Kapo noch *Vorarbeiter*, noch *Lagerschutz*, nichts dergleichen. Zweifellos war er pro forma irgendeinem Kommando der allgemeinen Versorgung zugeteilt, was es ihm erlaubte,

sich unbehelligt innerhalb der Umzäunung von Buchenwald zu bewegen.
Aber auch ohne äußeres Zeichen war seine Autorität zu erkennen.
Er war es, der das Verhör begonnen hat, denn augenscheinlich wird es sich um ein Verhör handeln.
– Kennst du Francos Botschafter in Paris? fragt er mich unvermittelt.
– Ich kenne ihn nicht, sage ich, nachdem ich mich von dem Schock der Überraschung erholt hatte. Aber ich weiß, wer er ist!
– Ist das ein Unterschied? bellt er achselzuckend.
– Ein riesiger, präzisiere ich. Keiner von euch kennt von Ribbentrop, bestimmt nicht... Aber ihr alle wißt, wer er ist!
Walter Bartels Blick verdunkelt sich. Er mag diese Art nicht.
Aus dem Augenwinkel beobachte ich die anderen. Nieto nickt. Kaminsky bemüht sich, unbeteiligt zu wirken. Aber sein Blick, wenn er dem meinen begegnet, ist freundschaftlich. Und was Ernst Busse angeht, so verharrt er massiv in einem dumpfen Anderswo.
– Von Ribbentrop, ja genau, von Ribbentrop! ruft Bartel aus.
Aber dieser Ausruf hat keine Fortsetzung. Er kommt auf sein Thema zurück.
– Du kennst also Francos Botschafter in Paris!
– Ich weiß, wer er ist, mehr nicht! José Félix de Lequerica. Baske, Katholik, Francoanhänger. Auch mein Vater ist Katholik, aber Francogegner, Linksliberaler, Diplomat der Republik. José Maria de Semprun Gurrea! Vor dem Bürgerkrieg kannten sich die beiden Familien wahrscheinlich. Wußten zumindest beide, mit wem sie es zu tun hatten.

Gelegentlich könnten sie einander besucht haben, das ist nicht ausgeschlossen...
Bartel sieht in meiner Antwort nur die Bestätigung seiner Idee.
– Du kennst also die Familie von Francos Botschafter?
Ich erinnere mich dunkel, entnervt die Achseln gezuckt zu haben.
– Nicht ich, mein Vater! Es ist nur eine Möglichkeit... Und es war vor dem Bürgerkrieg!
– Nicht dein Vater, du! ruft Bartel aus. Denn nach dir erkundigt er sich, Francos Botschafter in Paris!
Also genau das, was ich vermutet, was zu ahnen ich begonnen hatte. Bei dem fraglichen Schreiben aus Berlin, das sie heute morgen im ganzen haben lesen können, bevor es der Gestapo von Buchenwald übergeben wurde, handelt es sich um eine mich betreffende Bitte um Auskunft, die aus Paris kommt, von Francos Botschafter in Paris, José Félix Lequerica.
Ich kann mir genau vorstellen, wie es sich abgespielt hat.
Besorgt, keine Briefe mehr von mir zu erhalten (jegliche Korrespondenz mit den Familien, die einmal im Monat gestattet war, ausschließlich in deutscher Sprache und in vorgeschriebenem Format, war infolge der Befreiung Frankreichs, nach dem August 1944, unterbunden worden), mußte mein Vater versucht haben, direkt oder indirekt einen alten Bekannten zu kontaktieren, eben diesen Botschafter, José Félix de Lequerica. Und dieser hatte, da der Kriegsverlauf endgültig zum Vorteil der Alliierten umschlug, es weder für sinnlos noch für unziemlich erachtet, diesem Ersuchen stattzugeben und sich auf diplomatischem Weg nach mir zu erkundigen.
– Es wundert dich also nicht, sagt Bartel mit sanfter

Stimme, daß Francos Botschafter in Paris sich nach dir erkundigt?
Er wird nicht lockerlassen, sage ich mir.
– Es wundert mich nicht, daß meine Familie versucht hat, sich nach mir zu erkundigen!
Aber Walter Bartel weicht nicht von seinem Ziel ab.
– Daß sich ein faschistischer Botschafter nach der Gesundheit eines kommunistischen Kämpfers erkundigt, wundert dich nicht?
– Sollte mein Vater ihn darum gebeten haben, dann hat er dem Botschafter bestimmt nicht gesagt, daß ich Kommunist bin... Sicher hat er von der Résistance im allgemeinen gesprochen. Und außerdem ist mein Netz nicht einmal gaullistisch, es untersteht den britischen Diensten...
Es war falsch, ihm das zu sagen, ich beiße mir sofort auf die Zunge. Unfreiwillig habe ich eine neue Front der Besorgnis, des Argwohns eröffnet.
Ich sehe es an seiner plötzlichen Erregung.
– Britisch? Du warst Agent eines britischen Geheimdienstes?
Aber sofort greift Nieto ein, nachdrücklich, präzise. Kaminsky bestätigt seine Angaben. Sie fragen, ob man damit nicht seine Zeit vergeude. Alle diese Fragen seien mit mir bereits erörtert worden, als ich in Buchenwald in die Organisation aufgenommen wurde. Alles sei durchleuchtet, überprüft worden: meine Beziehungen zur illegalen spanischen KP in Paris; die Kontrolle der MOI über meine Tätigkeit, und so weiter.
Walter Bartel ist nicht auf seine Kosten gekommen. Offensichtlich hätte er die Sache liebend gern vertieft.
– Jedenfalls steht fest, daß dein Vater in Paris mit einem faschistischen Diplomaten in Beziehung steht!

Ich nicke: in der Tat, dieser Punkt scheint festzustehen. Mein Vater, oder jemand in seinem Namen, hat mit José Félix Lequerica Kontakt aufgenommen, um ihn zu bitten, sich für mich zu verwenden und zu versuchen, etwas über mich in Erfahrung zu bringen. Ich habe keine Lust mehr, mit Bartel zu diskutieren. Ich erinnere mich an die mehr als bescheidene, kaum erträgliche, nahezu gesundheitsschädliche Behausung, in der mein Vater in Saint-Prix wohnt, »auf dem Hügel, der Montlignon mit Saint-Leu verbindet«. Ich erinnere mich, daß dieser Großbürger kärglich überlebt, indem er in einer religiösen Oberschule der Umgebung Unterrichtsstunden gibt. Ich erinnere mich an die dreifarbige kleine Fahne der spanischen Republik, die an der Wand seines Zimmers hängt.
Schließlich, nach einem erneuten Eingreifen von Jaime Nieto, räumt Bartel ein, daß ich für die mutmaßliche Fürsprache meines Vaters bei José Félix de Lequerica nicht verantwortlich bin.
Das Verhör ist beendet. Man schickt mich ins Lagerleben zurück.
Walter Bartel gibt einen letzten bissigen Kommentar von sich.
– Wenn man bedenkt, daß wir Risiken auf uns genommen haben, um dich zu schützen! Wir hatten sogar den passenden Toten gefunden ... Und das alles für nichts und wieder nichts! Nur wegen einer an von Ribbentrop adressierten Anfrage von Francos Botschafter in Paris!
Da habe ich natürlich leichtes Spiel.
Ich erinnere ihn daran, daß die deutsche Partei es war, die darauf bestanden hatte, mich am Sonntag im *Revier* auf Eis zu legen. Hätte man auf mich gehört, hätte man bis heute, Montag, gewartet, bis man den vollständigen Inhalt des Schreibens aus Berlin kenne, dann hätte es kein Problem

gegeben. Ich hatte doch gesagt, es könne sich um nichts Ernstes handeln!
Darauf gibt es nichts zu erwidern, die Sitzung ist geschlossen.

EPILOG

Schließlich hatten wir den Abend zusammen verbracht, Jiří Zak und ich. Josef Franks Witwe hatte uns verlassen. Wir hatten gewartet, bis sie zu einer Straßenbahnhaltestelle am Wenzelplatz ging, klein, schmächtig, grauhaarig, ein Schatten unter Schatten.

Es war Frühling, Prag war schön.

Natürlich ist Prag immer schön, in jeder Jahreszeit. Aber seine Schönheit im Frühling ist von besonderer Art. Trotz dem Einmarsch, trotz der allmählichen, systematischen Gleichschaltung wehte noch ein Hauch von Freiheit in den Straßen, den blühenden Gärten.

Auch auf den Gesichtern. Vor allem auf den Gesichtern der Frauen.

Ein Hauch von Freiheit, von Trotz: vielleicht der letzte Seufzer.

Ich war kurz in unser Hotel gegangen, um Costa-Gavras und Bertrand Javal, dem Produzenten von *L'aveu*, eine Nachricht zu hinterlassen: ich würde sie am nächsten Morgen treffen. Es sollte eine entscheidende Zusammenkunft mit dem Direktor der Barandow-Filmstudios stattfinden.

Dann waren wir, Zak und ich, lange durch die Straßen gewandert.

Später hatten wir uns im Freien niedergelassen, um am Ufer des Flusses ein Bier zu trinken und Grillwürstchen zu essen.

Nein, Jiří Zak erinnerte sich nicht an Louis Armstrong. Das heißt, er erinnerte sich nicht mehr daran, daß der norwegische Student an jenem fernen Sonntag ein Stück von Armstrong gespielt hatte.

In the Shade of the Old Apple Tree.

Diese Erinnerung an das *Kino* von Buchenwald, an die Armstrongtrompete hatte ihn auf eine Idee gebracht. Er hatte mich in einen Nachtclub der Altstadt eingeladen, wo man guten Jazz spielte. Es war dunkel geworden, wir haben ein paar Pils und Pflaumenschnäpse getrunken. Zak weigerte sich, Wodka zu trinken.

Später waren die Musiker eingetroffen, sie waren an unseren Tisch gekommen, um Zak zu begrüßen. Ich hatte mich gefragt, ob sie etwas von der Existenz der Jazzband von Buchenwald wußten. Sicher nicht, Zak war ein eher zurückhaltender Mensch. Jedenfalls hatten sie zu spielen begonnen. Zuerst jeder für sich: dann kamen sie langsam in Fahrt.

Bei den ersten ein wenig aufeinander abgestimmten Klängen hatte mir Zak die Geschichte meiner Nacht im *Revier* im Dezember 1944 in Erinnerung gerufen.

Denn am Montag abend, als ich gerade meinen Platz in der *Arbeitsstatistik* vor der Zentralkartei einnehme, kommt Zak aus der *Schreibstube*, die am Ende des Korridors der Baracke liegt.

Er hält ein Blatt Papier in der Hand.

– Für morgen hat mich der SS-Leutnant der *Politischen Abteilung* zu sich bestellt, sagt er. Deinetwegen!

– Ich weiß, warum!

Er ist überrascht, ich erzähle ihm meine kleine Geschichte: das Schreiben aus Berlin, die gegen meinen Willen getroffene Entscheidung der Partei, die Nacht mit François L. Ich erzähle ihm ziemlich lange von François. Daß es mit Bartels Verdächtigungen endete, entlockt ihm ein Lächeln.

– Dabei ist er kein Idiot, beileibe nicht! ruft Zak aus. Immerhin darf man sich darüber wundern, daß sich ein spanischer Botschafter Sorgen um dich macht!

– Er macht sich keine Sorgen, erwiderte ich. Er tut jemandem von der anderen Seite einen persönlichen Gefallen! Aber die andere Seite ist dabei, den Krieg zu gewinnen … Kurzum, ich erkläre ihm die konkreten Umstände.
Zak unterbricht mich:
– Vergiß es. Ich habe damit kein Problem! Ich verstehe die konkreten Umstände sehr gut!
Fünfundzwanzig Jahre später, in Prag, ein Vierteljahrhundert später, ist es nicht das, was mich interessiert.
– Weißt du, was aus ihnen geworden ist, aus Ernst Busse, Walter Bartel?
Er hatte mich angesehen, düster geworden, hatte plötzlich die Stimme verloren.
Die Zeit war verstrichen, das Schweigen hatte sich verdichtet, das heißt das Schweigen zwischen uns beiden, denn die *kavarna* war jetzt voll von Leuten, Rauch, Musik.
– Weißt du das nicht? hatte er mich schließlich gefragt. Sehr viel später.
Nein, ich wußte es nicht: warum hätte ich es wissen sollen?
Anfang der fünfziger Jahre sind Ernst Busse und Walter Bartel in das tödliche Räderwerk der letzten Prozesse Stalins geraten. Nachdem Josef Frank in Prag zum Tode verurteilt worden war, waren erneut Untersuchungen über das politische Verhalten der kommunistischen Verantwortlichen in Buchenwald eingeleitet worden. Denn in den Augen der sowjetischen Berater, die diese Prozesse in den »Bruderländern« betrieben, galten die Überlebenden der Lager als schuldig. Die offizielle Anklage lautete: Kollaboration mit dem Feind. Auf diese Weise wurde Josef Frank zu dem Geständnis gezwungen, er habe in Buchenwald mit der Gestapo kollaboriert. Das eigentliche Verbrechen all dieser Männer war jedoch, daß sie nach dem Spanischen

Bürgerkrieg in den europäischen Widerstandsbewegungen, weitab von der Vormundschaft Moskaus, eigenmächtig gelebt, gekämpft, Gefahren auf sich genommen und Initiativen ergriffen hatten.
Ernst Busse hat kein Glück gehabt. Die sowjetischen Besatzungsbehörden haben ihm den Prozeß gemacht. Er hat Kriegsverbrechen gestanden, die er unter Ausnutzung seiner Funktion als Kapo des *Reviers* an den russischen Deportierten begangen haben soll. Er wurde verurteilt und in ein Lager des Gulag deportiert. Er starb 1952 in Workuta.
Walter Bartel ist es besser ergangen. Zunächst, weil nicht die Sowjets seinen Prozeß führten, sondern die Sicherheitsbehörden der deutschen Republik. Vor allem aber, weil Bartel sich strikt geweigert hatte, mit den Staatsanwälten, den Inquisitoren seiner Partei zusammenzuarbeiten. Punkt für Punkt hatte er seine politischen Positionen verteidigt, eingeräumt, hin und wieder Fehler gemacht zu haben, aber keines der Verbrechen gestanden, deren man ihn bezichtigte.
– Jetzt, hatte mir Jiří Zak in jener Nacht in Prag, im Frühjahr 1969, zum Schluß gesagt, jetzt ist er Professor für Zeitgeschichte an der Humboldt-Universität!
Und im Lärm des Jazzclubs, im Rauch der Zigaretten haben wir unsere Gläser erhoben und auf Walter Bartel angestoßen.
– *Rotfront*! hatte Jiří Zak ausgerufen.
Und ich hatte ihm geantwortet:
– *Rotfront*!
Das war der einstige Gruß der deutschen Kommunisten, in der sektiererischen und schwärmerischen, elenden und ruhmreichen Zeit des letzten Gefechts und der apokalyptischen Losung: Klasse gegen Klasse!

An einem Nachbartisch hatte uns eine sehr junge, sehr blonde und sehr schöne Frau entrüstete Blicke zugeworfen. Sie hatte Jiří Zak etwas zugerufen. Dieser hatte ihr geantwortet, mit seiner ruhigen und langsamen, bedächtigen, pädagogischen Stimme, der Stimme eines Kämpfers, eines Überlebenden von Buchenwald. Er hatte ihr wohl die ironischen und anrührenden Gründe unseres »Rotfront« erklärt.
Da hatte sie ihr Glas erhoben und mit uns angestoßen. Sie war wirklich sehr schön.
Sehr viel später, als unsere Zungen allmählich schwer wurden – aber die Musik wurde von Mal zu Mal besser, beherrschter und wilder zugleich –, hatte sich Jiří Zak zu mir gebeugt, Gefährte des Gedächtnisses und des Besäufnisses.
– Da du doch schreibst, solltest du der *Großen Reise* eine Fortsetzung geben …
Natürlich hatte er den Titel auf deutsch gesagt, denn wir sprachen deutsch miteinander. Er hatte mein Buch auf deutsch gelesen.
– Du solltest die Nacht im *Revier* neben deinem Muselmann erzählen. Und alles, was dazugehört … Einschließlich Busse und Bartel!
Vielleicht hatte ich zuviel getrunken, aber mir war es so vorgekommen, als sei das eine gute Idee.

Bibliographie

William Faulkner, *Absalom, Absalom!*, übersetzt von Hermann Stresau, Rowohlt, Hamburg 1956.

Federico García Lorca, »Reiterlied«, in *Gedichte*, übersetzt von Enrique Beck, Insel, Frankfurt am Main 1998.

Eugen Kogon, *Der SS*-Staat, Frankfurt am Main 1946.

André Malraux, *Die Hoffnung*, übersetzt von Hans Kauders, DVA, Stuttgart 1954.

Arthur Rimbaud, »Kommentar zum Johannes-Evangelium«, »Gedenken«, in *Sämtliche Werke*, übersetzt von Sigmar Löffler und Dieter Tauschmann, Insel, Frankfurt am Main 1992

Arthur Rimbaud, »Guter Gedanke am Morgen«, in *Sämtliche Dichtungen*, übersetzt von Thomas Eichhorn, dtv, München 1997.

F. W. J. Schelling, *Das Wesen der menschlichen Freiheit*, Schwann, Düsseldorf 1950.

Abkürzungen

FFI	Forces françaises de l'intérieur
FTP	Franc-tireurs partisans
KP	Kommunistische Partei
MOI	Main d'œuvre immigrée
PCF	Parti communiste français

Jorge Semprun
Die Ohnmacht. Roman
Aus dem Französischen
von Eva Moldenhauer
BS 1339. 198 Seiten
ISBN 3-518-22339-9

Am 6. August 1945, drei Monate nach seiner Befreiung aus einem deutschen Lager, ist Manuel unweit Paris aus einem Zug gefallen. Aus der Ohnmacht erwacht, beginnt er, sich die Welt und das eigene Leben neu zusammenzusetzen. Gegen Ende des Spanischen Bürgerkriegs war Manuel mit den Eltern nach Frankreich geflohen. Er hatte sich dem Widerstand angeschlossen, war verhaftet und gefoltert und in ein deutsches Lager deportiert worden. Und hatte überlebt. Und begonnen, für den kommunistischen Untergrund in Spanien zu arbeiten. Jahre später beschwört er den besonderen Zustand nach seinem Zugunfall noch einmal herauf.
Sempruns zweiter Roman läßt sich auch als eine Fortsetzung seines berühmten ersten Romans *Die große Reise* begreifen, der Sempruns Bahntransport 1944 ins Konzentrationslager Buchenwald und was ihm dort widerfuhr beschreibt.

Jorge Semprun, geboren 1923 in Madrid, lebt in Paris. 1988 bis 1991 war er Kulturminister Spaniens. 1994 wurde er mit dem Friedenspreis des Deutschen Buchhandels ausgezeichnet.

»Mit dem Roman *Die Ohnmacht* ist nun der Schlußstein im großen Bauwerk der erzählten Augenblicke Jorge Sempruns gesetzt. Ein einzigartig instrumentiertes Werk liegt vor, das die Suche nach der verlorenen Zeit als einen Kampf gegen das Vergessen thematisiert, das sich aber auch als das große Zeremoniell eines erzählenden Orpheus lesen läßt.« Wilfried F. Schoeller, *Süddeutsche Zeitung*

»Ein faszinierendes Erweckungserlebnis: aus dem Nichts über die Sprache zum Leben und zur Identität.« Martin Ebel, *Neue Zürcher Zeitung*

Das Werk von Jorge Semprun
im Suhrkamp Verlag

Algarabía oder Die neuen Geheimnisse von Paris. Roman. 1989
st 1669. 435 Seiten
ISBN 3-518-38169-5

Federico Sánchez verabschiedet sich. 1996
st 2636. 355 Seiten
ISBN 3-518-39136-4

Die große Reise. Roman. 1981
st 744. 239 Seiten
ISBN 3-518-37244-0

Schreiben oder Leben. 1997
st 2727. 364 Seiten
ISBN 3-518-39227-1

Unsre allzu kurzen Sommer. 2001
st 3253. 256 Seiten
ISBN 3-518-39753-2

Was für ein schöner Sonntag! 1999
st 3032. 394 Seiten
ISBN 3-518-39532-7

Der weiße Berg. Roman. 1994
st 1768. 268 Seiten
ISBN 3-518-38268-3

Der zweite Tod des Ramón Mercader. Roman. 1979
st 564. 382 Seiten
ISBN 3-518-37064-2

Jorge Semprun/Elie Wiesel
Schweigen ist unmöglich. 1997
es 2012. 60 Seiten
ISBN 3-518-12012-3

Norbert Gstrein/Jorge Semprun
Was war und was ist.
Reden zur Verleihung des Literaturpreises
der Konrad Adenauer Stiftung. 2001
Sonderdruck edition suhrkamp. 48 Seiten
ISBN 3-518-06650-1